爸爸真希望马上飞到你的身边去！

可惜爸爸没有翅
膀！可惜没有！可惜
没有！

小艾，
爸爸特别特别地惦记你！

丁 午 著

青岛出版集团 | 青岛出版社

图书在版编目（CIP）数据

小艾，爸爸特别特别地想你！ / 丁午著 . -- 青岛：
青岛出版社，2024. -- ISBN 978-7-5736-2617-2

Ⅰ . I267.5

中国国家版本馆 CIP 数据核字第 2024ZZ6420 号

XIAO'AI, BABA TEBIE TEBIE DE XIANG NI!

书　　名	**小艾，爸爸特别特别地想你！**
著　　者	丁　午
出版发行	青岛出版社
社　　址	青岛市崂山区海尔路 182 号（266061）
本社网址	http://www.qdpub.com
邮购电话	0532-68068091
责任编辑	梁　娜　朱子菡
特约编辑	汪家明　吴艳萍
策　　划	活字文化
印　　刷	青岛海蓝印刷有限责任公司
出版日期	2024 年 10 月第 1 版　2024 年 10 月第 1 次印刷
开　　本	32 开（889mm×1194mm）
印　　张	13.5
字　　数	250 千
图　　数	200 幅
书　　号	ISBN 978-7-5736-2617-2
定　　价	78.00 元

编校印装质量、盗版监督服务电话　4006532017　0532-68068050

修订版序

　　记得那年编辑丁午先生这部遗稿时，北京一直淅淅沥沥下着秋雨，而今年整整一个冬天，雨雪似乎忘记了这片土地。城市一片枯槁，我所在的小区院落更是落寞静寂。在枯槁静寂的包围中，重新编辑这本书，做一些调整，心底里却仍响彻着情感的轰鸣。

　　转眼间丁午先生去世六年多了，《小艾，爸爸特别特别地想你！》（以下简称《小艾》）初版也已五年，而距这些信件的写绘，则已将近五十年。我敢说，因为这本书，丁午先生仍然活在北京，活在中国，活在当下，活在人世间。那特殊年代特殊遭际中的父爱，那倾注于八岁女儿身上的感情依恋，那一览无余显露在蓝黑色钢笔线条之下的心的抖颤，在任何时间、任何时代都会令人感同身受，触动我们灵魂深处最美好的部分。书出版后，我收到和看到许多读者的短信和微信，微博、网站和其他媒体也有很多评论。常有女性读者说是流泪读完这本书的……2014年4月23日晚，中央电视台直播的中国年度好书颁奖会上，郎永淳朗读《小艾》片段，全场嘉宾潸然泪下……

　　是什么感动了不同年龄、不同身份的国人？

作家王小妮写文评论这是一本"奇书":"一位父亲用一整本可爱的有字有画的信,努力地屏蔽掉了不想孩子看到的全部的现实的恶行和谎言,它都被藏在大人的世界里。这本书让我们发现了什么年代都会有美好的童话,而它的珍稀在于它是一本真实的童话。"

凤凰卫视《开卷八分钟》节目用了两期的篇幅推荐《小艾》。主持人在节目中说:"我认为这是去年我们到现在为止,看到中国出版的一本最感人的书。""我基本上是一个不太哭的人,但是去年有这样一本书,确实你翻看了几页以后,会有一种不忍卒读的感觉。我觉得不能再看下去,看下去眼眶就会发热。可是隔一会儿打开,又忍不住再看……"

豆瓣评分:9.2分;

一位网友总结:《小艾》战胜了历史的恶意,征服了时光;

另一位网友评论:我读到的童心不是意淫,不是揣度,不是装饰的善良,不是回不去的昨日,是简简单单、踏踏实实地继续生活,乐观向前;

还有一位网友感慨:看到一半就想,把生个女儿也当成人生一个梦想吧;

有人断言:《小艾》是一部父亲之书……

我曾经反复揣摩怎么去做这本书。丁午先生画的这些信和别的画不一样,他在干校不能进行艺术创作,他的所有才华和创作愿望都集中在这些信里了。干了一天活，晚上没什么事，他画得特别认真，改来改去。很多画先在漫画日记里画了，然后又重画给女儿。但是怎么编呢？他写信是过几天写一封，或者过半个月写一封，本身没有连贯性，也没有情节。怎样去结构它？还有，这本书做成什么样子，做多大的开本？因为都是画，用什么纸张？是精装还是平装？

有三点是我想明白了的：

第一，这不是一本画册，这是一本书。这本书要突出的不是艺术作品，而是历史真实的记载和父女特殊的感情；

第二，必须四色印刷，不能印单色。原画是用钢笔画在变色发黄的胶版纸上，有墨抹过的地方，眼泪流过的地方，钢笔水有深有浅。如果单色印刷，锐化以后变成了纯黑线条的，那些情感的东西、历史的痕迹就没有了；

第三，要找一位适合这本书的设计师，就是陆智昌。我知道陆智昌对这本书会感兴趣的。别看他在香港长大，但他对内地这几十年的历史特别感兴趣。而且我知道，一旦对这部书稿感兴趣，就不用你来催他了。不过能请他来设计这本书，我还是费了不少口舌。我们总是约在一家咖啡馆见面，带着稿子，在小圆桌上，有过许多次沟通。

已经五十岁的小艾恰好从美国回到北京，她看了信后很激动，因为爸爸后来把这些信收回去保存，她已经很多很多年没有见到了。书出版后，我们给她寄了样书。重温这些信，她的心情和想念是我们无法想象的。她给家乡读者写了一封信，讲了更多爸爸的故事。令我们感动的还有小艾的妈妈——丁午的第一个妻子张馨从美国来信。她毕业于中央戏剧学院，20世纪50年代在人民艺术剧院工作。信中写道：

> 这书真不一般。捧着它好像捧着个宝。我有种直觉，它就是个宝物，一个不寻常的礼物……
>
> 丁午是用心和笔在和女儿说话，他的字和画是一体的，分不开的，一笔一画都透着感情。这个版本恰恰用了丁午的原信，用了手写的字而不是铅印的，太高明了，否则信将失去一半的魅力。

后来读库的老六（张立宪）在798尤伦斯组织了一场活动，他、陆智昌、我，三个人谈论《小艾》，题目是"把一本书做对"。来的人真多啊！

特别感谢老六，感谢中国图书评论学会和中央电视台读书频道的书评专家，感谢线上线下各位媒体朋友和热心读书人。靠他们的推动，《小艾》引起普遍、持续关注，不断再版，还出版了"农家书屋"版和黄湖干校特制本。

此次修订版保留了原画原色，为方便读者阅读，将每封信的排印文字与原信穿插接排在一起，并征得小艾同意，把她的"给家乡读者的信"刊于书末。

汪家明

2018年3月11日，北京十里堡

写在前面

北京今秋的雨雪似乎来得特别早，窗外一直下着清冷的雨。枯坐桌前，面对丁午先生的画稿，我似乎听到他开心而苦涩的笑声。那是去年5月，我从三联书店调任人民美术出版社不久，去前门大街他的家中看望。他患癌症已大半年，正在化疗，抱歉说，只能躺着说话。我们说到人民美术出版社和美术界许多事情，说到多年前他的书稿《丁午漫画日记》曾经我手的事情，说到山东的赵镇琬、于景明，还说到沈培金、范用和丁聪，都是我和他共同的朋友。说起赵镇琬的逸闻趣事，他哈哈大笑，我也大笑。笑声充盈了那间逼仄的小屋。我们就这样一个躺着、一个坐着，说了一小时的话。那以后不过两个月，他就病危住院，进了特护病房。我去看他，他正在接受治疗，我未能进入，竟成永别。他去世后，儿子丁栋整理遗物，发现了这些1969年5月至1972年8月间，他被下放河南黄湖干校时写给留在北京的女儿小艾的信，共约六十一封，二百七十七面。1969年小艾八岁，认不了多少字，作为漫画家，他的信主要是画出来的。

帮忙看护病中丁午和办理后事的杨玫云老师，是丁午年轻时的同学，她和丁午的儿媳任丽把这些信拿给我看，希望能够出版，说丁午生前一直在找这些信，以为丢失了。翻看这些年代久远、纸张泛黄的信，我的心被深深震撼了。这是特别年代特别生活最如实的记录，是特别年代特别情感发自内心的表露。它是历史，是人心的历史，也是社会的历史，是活灵活现的中国一隅的生活史。没有什么文字和图像能比这些写画给年幼女儿的信件更能让今天的人们身临其境般地感知那个难以理解的年代了。因为这不是为任何别人的写画，而是以一颗慈父之心，极力想让八岁女儿看懂的写画，下笔之时，绝没有出版流布的念头。唯此，它才真实，才生动易懂，才有了独一无二的品格。我怀着敬重的心情编辑这部书稿，并请与这部书稿密切相关的丁午的女儿蹇艾（即小艾）、儿子丁栋和老友沈培金写文，约请重视稿件内容的书籍设计师陆智昌设计，希望能不负它从时代碾轧的夹缝中幸存下来。

这些信几乎都是以"亲爱的小艾，爸爸特别特别地想你"开头的，有时候还会出现"爸爸太太太太太太太太太太想你了"这样足有十个"太"的句子。丁午对女儿的无比依恋和感情的饥渴跃然纸上。从北京探亲回到黄湖，他会在信中重新回味与女儿相处的一个个细节：捉迷藏、逛动物园、吃奶油炸糕、打扑克、睡觉前的亲吻……晚上值班看麻，他好像在月牙上看到了女儿，想象自己和女儿在看同一个月亮；他做木匠时两只手都被电锯割伤了，想象自己弓着腰，女儿帮他洗脸；女儿回信说她长高了，梳了小辫，他就画了一张自己和长高女儿的合影；有一天，女儿寄来照片，"爸爸把小艾的照片看了许多次，收到信封里，又拿出来，又收到信封里，又再拿出来……后来灯灭了（我们这里每天11点钟灭灯，跟北京不一样），爸爸还是想看，就划了一根火柴看小艾，一根灭了，就又划一根……"这封信中的画，是爸爸坐在床上盖着被子点着火柴看女儿照片，脸上流着泪。下一封信，他画了女儿从襁褓开始成长的过程，甚至想象未来女儿大了、自己老了的模样。由于和女儿分离，画家的想象力被充分调动起来，这也许正符合了创作的规律。杰作往往在苦难中诞生。

给女儿信中最多的内容，是向女儿描绘自己在干校的劳动和生活，比如怎样养猪、怎样赶牛、怎样插秧、怎样收割、怎样烧砖、怎样盖房、怎样做木匠活，业余生活则捉蛇、钓鱼、养鸟、遛狗、杀猪、宰鹅、下棋、打乒乓、游泳、演样板戏、画墙报，还有生病、受伤、交友……农林牧渔，衣食住行，可谓压缩版的中国社会，特别是"五七"干校生活全景，有鲜明的时代印记。由于女儿年幼，这些场景的描绘不免努力强调它们有趣和苦中作乐的一面。但干校劳动生活的辛苦和荒唐，知识分子被改造的阴影以及情感上的伤害（这也是他那么依恋女儿的原因）是无法掩饰的，或者说，正因为作者极力想把干校生活诗意化、趣味化，反而使这些信中保存的时代信息更加令人伤心。苦中作乐，首先是苦，这种残暴的苦，强加到无数善良的知识分子身上，铸成国家的巨大悲哀。从这个意义上说，这些幸存的信件就有了更为独特的价值。

丁午生于1931年，贵州遵义人，原名蹇人斌。父亲蹇先器毕业于日本千叶医科大学，曾任国立北平大学医学院附属医院院长，抗战中任国立西北联大医学院院长，是中国皮肤性病学科的奠基人之一；母亲根津寿枝子（日）。丁午1952年毕业于中央美术学院，任《中国青年报》美术编辑，1979年调入人民美术出版社，曾参与创办并主编《儿童漫画》和《漫画大王》月刊，创作长篇连环漫画《熊猫小胖》《小刺猬》等，最早引进日本漫画《机器猫》《樱桃小丸子》（"机器猫"的中译名就是他取的）。他对当代中国儿童漫画影响很大，"80后"的许多读者都是在他的漫画伴随下长大的，他们亲切地称他为"漫画大王"。他在《丁午漫画日记》的序言中说："念初中时，我就开始画漫画日记了……这么多年了，画了一本又一本，摞起来不下百本"；"如此执拗是为了什么？其实很简单，不过是有感而作。不用铅笔起稿，更用不着橡皮，随着心的驱使，黑墨水顺着钢笔尖汩汩流淌出来……"这句话，道出了他漫画创作的真谛，也适用于写画给女儿的信。写到这里，忽然想起，我最后见他时，曾谈到把他的作品整理出版的事情，他当时叹了口气说："年代久远，又搬来搬去，许多都散失了。"如今，他的在天之灵如果知道这些信找到了，出版了，一定会十分欣慰吧。

　　恍惚间，我眼前又浮现出他开心而苦涩的笑容。

汪家明

2012年11月10日，京北嘉铭桐城

目 录

卷一

给女儿小艾的信

1969.05 — 1969.12

有一天爸爸睡觉时，有一只小花
猫，睡在我的被子上面，我一踢就
把他踢到天上去了。好玩吗：

爸爸睡觉
老梦见小艾
梦见小艾
飞耙猴
皮筋！

休息时. 爸爸带上和1先培
叔上小梅哥上一块儿玩

钓鳝鱼的钩子

笋你给妹妹绞来。

你的爸爸
五一劳动节

4

……

有一天爸爸睡觉时，有一只小花猫，睡在我的被子上面，我一踢就把他（它）踢到天上去了。好玩吗？

爸爸睡觉老梦见小艾，梦见小艾跳猴皮筋！

休息时，爸爸常常和沈培叔叔、小梅哥哥一块儿玩。

等你给我写信来。

你的爸爸

五一劳动节

亲爱的小艾：

　　爸爸看见了你的照片了，真好玩儿极了！你们门牙哪里去了？

　　上次爸爸给你画的画好玩吗？

　　现在爸爸给你讲小梅哥提蛇的故事：

　　有一天爸爸和沈培叔叔、小梅哥去一块游泳，游完泳回来，在一片稻田里看见一只斑鸠飞了起来。

走近了一看才知道是斑鸠（一种鸟）刚才还在和一条蛇抢一条小鱼，一看人来了，斑鸠害了怕就飞跑了。

蛇很有毒，会咬人。可是小梅
影特别勇敢。他一点也不怕
他跑上去，一把揪住蛇尾
巴，然后就摘块头了。摘了半
天，蛇被
捡进胡
了。我

不会咬人了。再一摘，他嘴里
的那条小鱼也吐出来了。
　我们后用剪刀把蛇剪破
了肚子。里面还有一只被他吃
了的青蛙呢！蛇特别瘦，所以
青蛙都变成一个长条了。

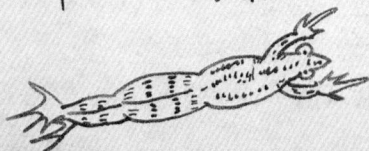

后来我们就把桃皮剥下来，晒干了寄了一块给你尝去了。

你说小梅哥真棒不棒？你也要学得勇敢，别生气的时候连只猫都害怕！

上次姐姐给你讲了刺猬的故事，他也小梅哥尝了一只大刺猬七只小刺猬。小刺猬连眼睛还没睁开。天上吃奶，可好玩了。

刺猬妈妈很爱吃花生。

我说运给他采了梅子，也很爱吃。

现在已经开始割麦子了。
(让妈妈告诉你什么叫割麦子)
爸爸最喜欢
割麦子。累是
累，可是挺好玩！

有时割着割着，轰而飞
飞一只野鸡。那再往前走，就
能找到七、八个野鸡蛋。

那天爸爸还吃了一点野鸡蛋，
和鸡蛋一样好吃！

有时野鸡妈妈飞走了，留下来
号叫野鸡。就更有意思了。先们

跑得特快，人都提不着。

爸爸晚上睡得特别黑，只有牙是白的。你肩先一定吓坏了吧……妈呀黑人来了！

爸爸身体强壮。每天劳动完了，别人睡午觉，爸爸还和沈培教练去游泳，一点都不怕黑！

今年夏天你跟妈妈常去游泳，学会了，好和爸爸一块去农场的河里游泳，你说好吗？

《爸爸和艾和青蛙一块游泳》

爸爸每天练游泳，游泳越练越好了。有一天爸爸和妈妈教艾一块架一座桥时，一把十好沉所重的大铁链掉下河去了。爸爸我锁到河里去。河有两个人那么深）把先搭上来了！

《爸。打大铁锤》

你好之学游泳吧！

你又上明之剧院去看戏

了吧？上次你和爸之一块去

看妈之表演好吧吗？你星期

与回来我让妈之教你唱新

歌和跳舞。说明好和爸之

一块绿底儿的绒毯上来。

爸爸和妈妈摘了一块熟的
西红柿已化装的很大了。
你们夏天就可以吃大西红
柿了!

好了,这么
多你们这里
不怕再给你
画更多的好玩儿
的画。

爸爸特别 特别的
想你们!

你们的
爸爸 8/5

亲爱的小艾：

爸爸看见了你的照片了，真好玩儿极了！你的门牙哪里去了？

上次爸爸给你画的画好玩吗？

现在爸爸给你讲小梅哥哥捉蛇的故事：

有一天爸爸和沈培叔叔、小梅哥哥一块游泳，游完泳回来，在一片秧田里看见一只斑鸠飞了起来。走近了一看才知道是斑鸠（一种鸟）刚才正在和一条蛇抢一条小鱼，一看人来了，斑鸠害了怕就飞跑了。

蛇很厉害，会咬人，可是小梅哥哥特别勇敢，他一点也不怕，他跑上去，一把揪住蛇的尾巴，然后就抡起来了。抡了半天，蛇被抡迷胡（糊）了，就不会咬人了。再一抡，他（它）嘴里的那条小鱼也吐出来了。

我们后来用剪刀把蛇剪破了肚子，里面还有一只被他（它）吃了的青蛙呢！蛇特别瘦，所以青蛙都变成一个长条了。

后来我们就把蛇皮剥下来，晒干了剪了一块给你寄去了。

你说小梅哥哥棒不棒？你也要学得勇敢，别像小时候见了猫都害怕！

　　上次信里给你讲了刺猬的故事，现在小梅哥哥养了一只大刺猬、七只小刺猬。小刺猬连眼睛还没睁开，天天吃奶，可好玩了。刺猬妈妈很爱吃花生，今天还给他（它）采了梅子，也很爱吃。

　　现在已经开始割麦子了（让妈妈告诉你什么叫割麦子），爸爸最喜欢割麦子，累是累，可是挺好玩！

　　有时割着割着，前面飞起一只野鸡，那再往前走，就能找到七八个野鸡蛋。

　　昨天爸爸还吃了一只野鸡蛋，和鸡蛋一样好吃！

　　有时野鸡妈妈飞走了，留下几只小野鸡，就更有意思了。它们跑得特快，人都捉不着。

　　爸爸现在晒得特别黑，只有牙是白的，你看见一定不认得我了，以为是黑人来了！

　　爸爸身体很好，每天劳动完了，别人睡午觉，爸爸就和沈培叔叔去游泳，一点都不怕累！

　　今年夏天你让妈妈带你去游泳，学会了，好和爸爸一块在农场的河里游泳，你说好吗？

《爸爸和小艾和青蛙一块游泳》

爸爸每天练游泳，游泳就越练越好了。有一天爸爸和好多叔叔一块架一座桥时，一把十好几斤重的大铁锤掉下河去了，爸爸就钻到河里去（河有两个人那么深）把它捞上来了！

《爸爸捞大铁锤》

你好好学游泳吧！

你又上妈妈剧院去看戏了吗？上次你和爸爸一块去看妈妈表演好玩吗？你星期六回家就让妈妈教你唱新歌，学跳舞。赶明好和爸爸一块给农民叔叔表演。

爸爸和好多叔叔一块栽的西红柿已经长得很大了，到了夏天就可以吃大西红柿了！

好了，这次就写到这里。下次再给你画更多的好玩儿的画。

爸爸特别特别的（地）想你！

你的爸爸

5月8日

小艾. 爸爸每天中午吃完饭
就到河里去游泳, 游完泳就
又该劳动了. 这样去游泳, 我
忘记洗衣服结果衣服存了一大堆
都没有洗. 特脏。有一天. 一个阿姨
看了说爸爸太懒了. 这一天爸爸就没
有游泳. 把一大堆衣服都洗干净
了。

这都是脏衣服 →

洗完了衣服. 特别累. 出了一身汗.
这时候. 听见有人叫"丁丁, 丁丁". 我
找了半天. 才看见是一只青蛙在哦
爸爸. (就是认识爸爸的那个青蛙)
他一边拍手. 一边笑着说.

"累了吧！看你以后
还这么懒吗？"
小艾. 你可别在说

怎么办？是在一大堆衣服再
洗，还是髒了马上就洗呢？你
等後时告诉我吧！

有一次爸的裤子破
了一个大口子，想補一
下，可是没有布。这怎
么办呢？郑尚阿姨
（我是丁丁的妈妈）她看
见了，只一会功夫我
给補好了。補的时
别好，我好像从来
也没有破一样！你
说丁丁的妈妈好吗？

她最喜欢帮助别人了，你喜
欢帮助别人嗎？

你看爸爸在
幹什么？
你知道
爸爸在吹
什么歌嗎？
你猜猜吧！

今天下午，爸爸看见天上有一只
大鸟飞过了。

他落在水
田里，原来是
一只鹭鸶。他有一只长嘴，嘴里
会捉水里的鱼吃。他还有两
只长腿，可
以站在水
里等着小
鱼游过
来。

他在水田里吃了好多好多小鱼，
吃饱了才伸开大翅膀飞走了。

　太阳快落山的时候，爸爸
和沈叔叔、小夏叔叔（你记得
吗？）一块到山岗上去玩，我们
看见了一支特别好看的野鸡，
一个人在走着。
你看见过
野鸡吗？

19

这次大小梅哥也捉到了好几条蛇，沈培报之也捉到一条。下次我再给你讲他们是怎么捉蛇的。多好玩儿了！今天我先给你一张蛇皮，你看好看吗？

这就是蛇

今天我写到这里，下次再给你讲捉蛇的故事！

祝！

29/5

1969.5.29

　　小艾，爸爸每天中午吃完饭就到河里去游泳，游完泳就又该劳动了。这样光游泳，就忘记洗衣服，结果衣服存了一大堆都没有洗，特脏。有一天，一个阿姨看了说爸爸太懒了，这一天爸爸就没有游泳，把一大堆衣服都洗干净了。

　　洗完了衣服，特别累，出了一身汗。这时候，听见有人叫"丁午、丁午"，我找了半天，才看见是一只青蛙在喊爸爸（就是认识爸爸的那个青蛙）。他（它）一边拍手，一边笑着说："累了吧！看你以后还这么懒吗？"

　　小艾，你说应该怎么办？

　　是存一大堆衣服再洗，还是脏了马上就洗呢？你写信时告诉我吧！

　　有一次爸的裤子破了一个大口子，想补一下，可是没有布，这怎么办呢？郑岚阿姨（就是丁丁的妈妈），她看见了，只一会功（工）夫就给补好了，补的（得）特别好，就好像从来也没有破一样！你说丁丁的妈妈好吗？她最喜欢帮助别人了。你喜欢帮助别人吗？

　　你看爸爸在干什么？你知道爸爸在吹什么歌吗？你猜猜吧！

今天下午，爸爸看见天上有一只大鸟飞来了，他（它）落在水田里，原来是一只鹭鸶。他（它）有一只长嘴，专门会捉水里的小鱼吃；他（它）还有两只长腿，可以站在水里等着小鱼游过来。

他（它）在水田里吃了好多好多小鱼，吃饱了，才伸开大翅膀飞走了。

太阳快落山的时候，爸爸和沈培叔叔、小夏叔叔（你记得吗？）一块到山岗上去玩，我们看见了一支（只）特别好看的野鸡，一个人在走着。你看见过野鸡吗？

这几天小梅哥哥捉到了好几条蛇，沈培叔叔也捉到一条。下次我再给你讲他们是怎么捉蛇的，可好玩儿了！今天我寄给你一块蛇皮，你看好看吗？

今天就写到这里，下次再给你讲捉蛇的故事！

再见！

5月29日

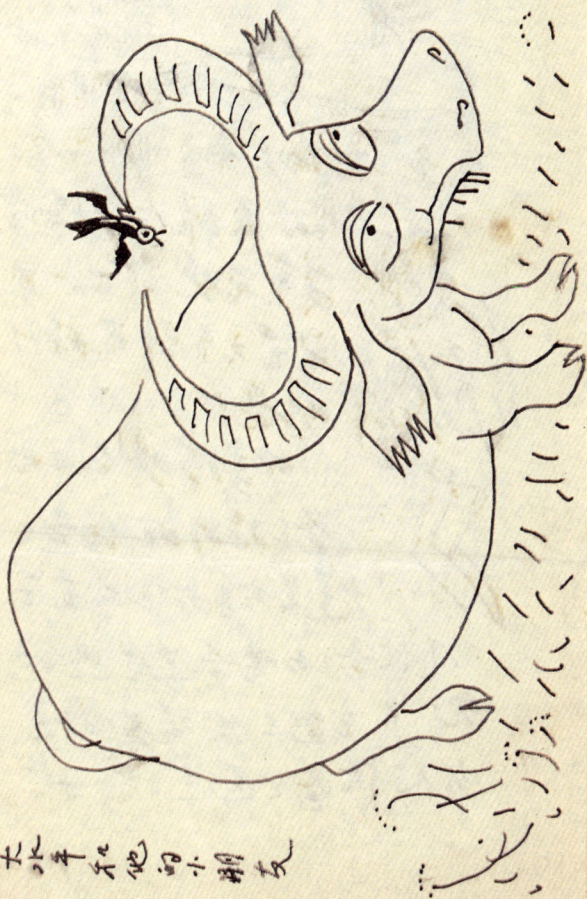

亲爱的小艾：
爸爸特别特别
的想你！

一九六九年七月二十日

23

爸爸病了!

爸爸得了疟疾. 疟疾是因为
有一种蚊子在咬爸爸的时候. 把
一种小机子小虫子叫疟原菌的留
给了爸爸,

这种小虫
在爸爸的
肉里由一

南. 爸爸就病了. 病的时候一会
冷的发抖. 一会热得
要命发烧39°C. 一发
就是六个钟头. 特别
难受!

好多阿姨叔叔对
爸爸特别好. 给爸爸
送来好多好吃的东西.
送给爸爸的鸡蛋还是热的
呢! 在爸爸发烧的时候
有人给爸爸送来了扇子.

你说这些阿姨
做之好吗？你也
要这样做，在别
人有困难么时候帮
助人家：

爸爸在床上躺了七天七夜，现
在才好了，可是已比瘦得不像爸爸
了！

可是没有关系，过几
天一锻炼，爸爸就会
和爸爸一样棒了，你说
是吗？

× × ×

爸爸已经好了，现在已经和
爸爸一样棒了！

爸爸还是瘦一点，
可是有力气了，哪
天我开始和
你妈妈爸爸一
块去游泳了！

后劳上面的鱼是爸爸画的阿知?
这是爸爸在很小钱数之游泳。你说好玩儿吗?小钱数很勇敢!

你游泳了吗?你要学游泳吧!要勇敢,不要害怕,爸最喜欢勇敢的孩子!

爸现在开始耕地了,你知道什么叫耕地吗?耕地就是把地弄松,好让上面秧稼长得好!

耕地时,有一头大水牛拉着犁走。

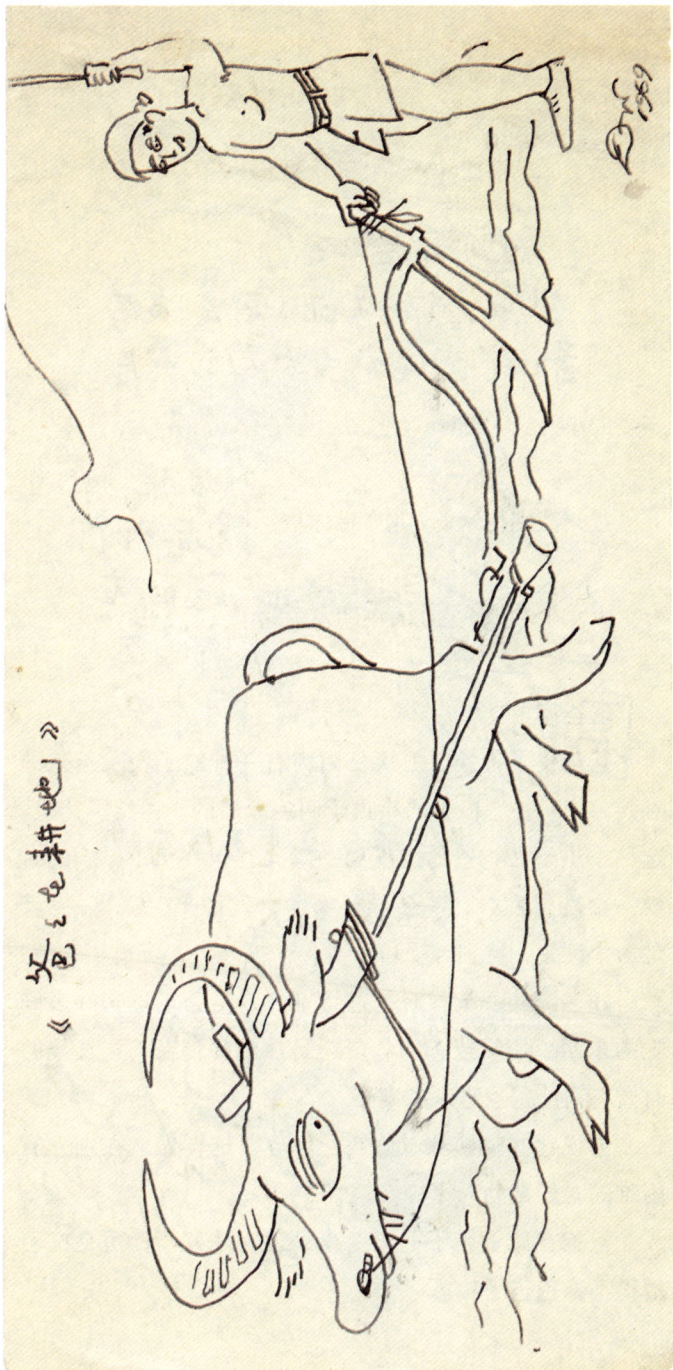

《牧牛图之一》

27

1969.7.20

亲爱的小艾：

爸爸特别特别的（地）想你！

大水牛和他（它）的小朋友

爸爸病了！

爸爸得了疟疾。疟疾是因为有一种蚊子在咬爸爸的时候，把一种小极了的小虫子叫疟原菌的，留给了爸爸。这种小虫子在爸爸的肉里面一闹，爸爸就病了。病的时候一会冷得发抖，一会热得要命，发烧39°C，一发就是六个钟头，特别难受！

好多阿姨、叔叔对爸爸特别好，给爸爸送来好多好吃的东西，送给爸爸的鸡蛋还是热的呢！在爸爸发烧的时候有人给爸爸送来了扇子。

你说这些阿姨叔叔好吗？你也要这样做，在别人有困难的时候帮助人家！

爸爸在床上躺了七天七夜，现在才好了，可是已经瘦得不像爸爸了！

可是没有关系，过几天一锻炼，慢慢就会和原来一样棒了。你说是吗？

爸爸已经好了，现在已经和原来一样棒了！

虽然还瘦一点，可是有力气了，昨天就开始和沈培叔叔一块去游泳了！

你看上面的画是怎么回事？

这是爸爸在教小钱叔叔游泳。你说好玩儿吗？小钱叔叔很勇敢！

你游泳了吗？快快学游泳吧！要勇敢，不要害怕，爸最喜欢勇敢的孩子！

爸爸现在开始耕地了。你知道什么叫耕地吗？耕地就是把地弄松了，好让庄稼长得好！

耕地时，有一只大水牛拉着犁走。

《爸爸在耕地》

昨天，我们打死了两条毒蛇
爸爸我把它们的皮剥了。先后
（不是"完后"
作者说
"完后"那是
错的。应
该说"然"
后）切

成-段-段的

放在锅里煮，这里可没有煤
气炉子。要用柴烧火。

30

一边烧，一边搧风，可真不容易。

你看爸爸
正在吃
蛇蛋
←

最后煮好了一锅蛇肉汤，
爸爸吃了好多好多。但好些
人不敢吃。

你馋了吧?! 趄明心你
来了。爸爸给你捉一条特别
特别大的蛇给你吃。你敢
吃吗?

小艾
害怕喽!

小艾，你知道吗？小梅
哥回到北京了，你看见他
了吗？你看见他的时候，告
诉他爸爸很想他！让他
给爸爸写信来。别忘了！

爸爸给小艾讲故事

亲爱的小艾，下回爸爸
还给你讲更好的故事，你
说好吗？

三三姨妈向你好，
让你和小敏、东东
一块友爱团
结！

爸爸丁午

一九七九年
七月廿日

32

昨天，我们打死了两条毒蛇，爸爸就把它们的皮剥了，然后（不是"完后"，你老说"完"后，那是错的，应该说"然"后）切成一段一段的放在锅里煮。这里可没有煤气炉子，要用柴烧火。

　　一边烧，一边搧（扇）风，可真不容易。

　　最后煮好了一锅蛇肉汤，爸爸吃了好多好多。好些人不敢吃。

　　你馋了吧?! 赶明儿你来了，爸爸给你捉一条特别特别大的蛇给你吃，你敢吃吗?

　　小艾，你知道吗? 小梅哥哥回到北京了，你看见他了吗? 你看见他的时候，告诉他爸爸很想他! 让他给爸爸写信来。别忘了!

　　亲爱的小艾，下回爸爸还给你讲更好的故事，你说好吗?

　　三三姐姐问你好，让你和小坡、小东在一块好好玩，好好团结!

爸爸丁午

7月20日，1969年

亲爱的小艾:

爸爸特别特别地想你!

上次爸爸不是告诉你, 爸爸也耕地嘛. 有一天爸爸的牛(是名字叫大洋马)和舒野叔叔的牛(叫烧饼子)打起架来了, 吓得咱们俩一个跑一个追.

爸爸就在后面追. 它们跑了半天找一直到跑累了才不跑了. 爸爸的大洋马跑累了, 天又热就泡到水里去休息. 爸爸累得老是出汗

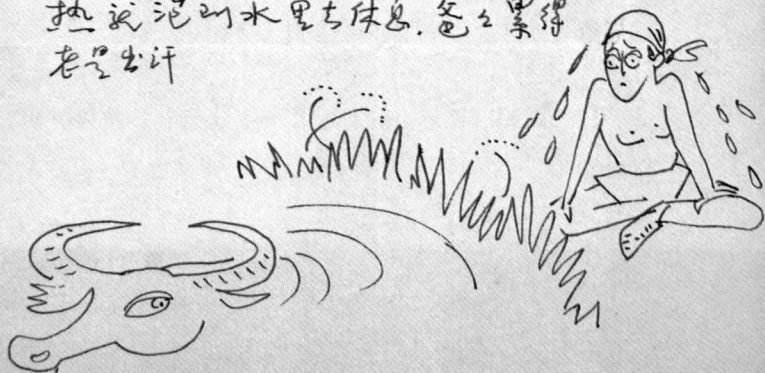

后来爸爸和大汗马
特别好。有时候我
骑它毛背上。像骑
自行车一样。小艾
你想跟爸爸一块
骑大汗马吗?
　你快快长大吧!
　长大了好来找爸爸!
　爸爸特别特别想
你!

有一天,爸爸赶小毛驴车拉水,特别好玩心:
有的给它吃井水,有么给它喝泉水,爸爸管辖
车,车里没有水的时候,爸爸我生它车上,小毛驴
拉着跑得可快了!

你长大了
到爸绝
身边,让
让你生
毛车
上面你
敢吗?

有个阿姨拾到了四只野鸡蛋 🥚🥚 过一
会儿听见蛋里有敲门一样的声音。
再过一会儿蛋裂缝了（ ），裂缝越来越大
你看：（ ），最后一只小野鸡钻出来了。
　　咦？小野鸡脚上还拾着哪！
　　爸，这儿好玩儿吧？

　　爸，现在我又管着猪了。你看见过猪吗？猪
特别脏，可是肉又特别好吃。
　　我们早晨五点多钟去放猪，拿着一根长长
的鞭子，谁乱跑我打谁。猪最爱吃草，还爱
吃大田螺，吃的时候"卡巴，卡巴"响，就像我
们吃花生米一样。

猪吃了草和大田螺还不太饱，回到家还得给她们吃猪粥。前两天一个大母猪生了十五个小猪娃，可好玩了！

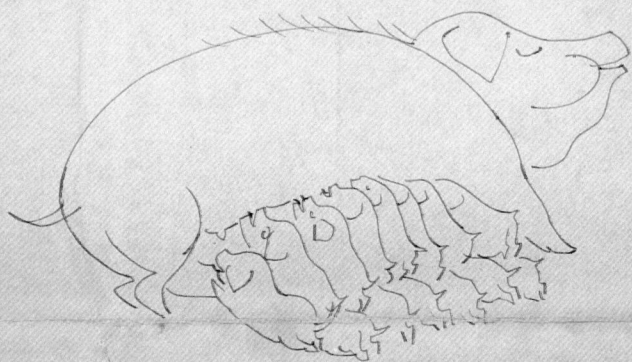

小猪在吃奶：

你愿意跟爸爸一块养猪吗？你等长大来去办成吧！

你的亲爱的
爸爸
12/8

亲爱的孩子：

我画了一头大象和一头小象，它们是一对母子。

38

亲爱的小艾:

爸爸特别特别地想你!

上次爸爸不是告诉你,爸爸在耕地吗?有一天爸爸的牛(它名字叫大洋马)和舒野叔叔的牛(叫烧胡子)打起架来了,后来它们俩一个跑一个追。爸爸就在后面追。它们跑了半天半天,一直到跑累了才不跑了。爸爸的大洋马跑累了,天又热,就泡到水里去休息。爸爸累得老是出汗。

后来爸爸和大洋马特别好,有时候就骑在它背上,像骑自行车一样。小艾你想跟爸爸一块骑大洋马吗?

你快快长大吧!长大了好来找爸爸!爸爸特别特别想你!

有一天,爸爸赶小驴车拉水,特别好玩儿!有的叔叔打井水,有的叔叔管烧水,爸爸管赶车。车里没有水的时候,爸爸就坐在车上,小毛驴拉着跑得可快了!

你长大了到爸爸这里来,就让你坐在水车上面,你敢吗?

有个阿姨拾到了四只野鸡蛋,过一会儿听到蛋里有敲门一样的声音，再过一会儿蛋裂缝了，裂缝越来越大。你瞧：最后一只小野鸡钻出来了。

几只小野鸡现在还活着哪！爸爸这儿好玩儿吗？

爸爸现在又管养猪了。你看见过猪吗？猪特别脏，可是肉又特别好吃。

我们早晨五点多钟去放猪，拿着一根长长的鞭子，谁不听话就打谁。猪最爱吃草，还爱吃大田螺，吃的时候"卡巴（咔吧）、卡巴（咔吧）"响，就像我们吃花生米一样。

猪吃了草和大田螺还不太饱，回到家还得给他（它）们吃稀粥。前两天一个大母猪生了十五个小猪娃，可好玩了！

你愿意跟爸爸一块养猪吗？你写信来告诉我吧！

你的亲爱的爸爸

8月12日

亲爱的小艾：

这是水牛打架，它们头顶着头谁也不后退。

亲爱的小艾：

    爸爸特别特别地想你！

    你一个人给爸爸写的信，也让收到了爸爸很高兴！

    你说爸爸不给你写信？前几天爸爸写了一封信让小梅哥哥给你呀，她给你了吗？

爸爸专爱小艾写的信

那封信上还画了爸爸追水牛爸爸救猪，你都忘了吗？

    妈妈已经给我来信了。她的地址我也知道。妈妈给你写信了吗？

    爸爸和小钱叔叔、舒师叔三个人住在一间小屋子里头。我们这小屋子是我们猪圈（猪住的房子）的旁边。天一亮。

爸爸和小钱放2去放猪。(它们爱吃外
头。爸上一封信里已经告诉你。你还记
得吗?)这是猪又喂猪。它们都在一个大饭
碗里吃饭。有的猪饿得高兴了。把脚都

猪的大饭碗

伸到饭碗
里面去。有的在饭碗里一边
退下一边吃饭,真不讲卫生。

有一天大夫来给猪打针。爸2
也帮忙打。猪和你一样
怕打针,跑到处乱跑。
爸2我把它们的尾巴抓
住拼命地拉。大夫就
给他打针了。

我们去放猪时，一大群猪都起听说。却有一个
猪特别不听说。它一看爸色不注意，我一个人溜
了。溜到地里去偷吃花生、白薯。爸色我去追
它。

你看他嘴里叼着好我宅花生的蔓子。他要把花
生叶子都吃了我不种结花生了。这只不听说的
猪是黑猪不是他的身子，四只脚，尾巴都是黑的他
名字叫"巴克夏"。

　　今天爸色收到了你的信。还有妈色的信。
　　你说你考到了这儿来爸色特别高兴！
　　你说你考和爸色一块骑大洋马爸
色更高兴了！快快长大吧！
　　妈色已信去吧！
　　闺女乖吧！

　　　　　　　　　　父　给你爸色 27/8

这是为锋报之通信

缘此红情妮

亲爱的小艾：

爸爸特别特别地想你！

你一个人给爸爸写的信，已经收到了，爸爸很高兴！

你说爸爸不给你写信？前几天爸爸写的一封信让小梅哥哥给你念，他给你了吗？那封信上还画了爸爸追水牛、爸爸放猪，你都忘了吗？

妈妈已经给我来信了，她的地址我也知道了。妈妈给你写信了吗？

爸爸和小钱叔叔、舒野叔叔三个人住在一间小屋子里头。我们的小屋子就在猪圈（猪住的房子）的旁边。天一亮，爸爸就和小钱叔叔去放猪（它们爱吃什么，爸爸上一封信里已经告诉你了，你还记得吗？），放完猪又喂猪。它们都在一个大饭碗里吃饭，有的猪吃得高兴了，把脚都伸到饭碗里面去，有的在饭碗里一边洗澡一边吃饭，真不讲卫生。

有一天大夫来给猪打针，爸爸也帮忙打。猪和你一样怕打针，到处乱跑，爸爸就把它们的尾巴抓住拼命地拉，大夫就给他（它）打针了。

　　我们去放猪时，一大群猪都挺听话，就有一个猪特别不听话。它一看爸爸不注意，就一个人溜了。溜到地里去偷吃花生、白薯。爸爸就去追它。

　　你看他（它）嘴里叼着的就是花生的叶子。他（它）要把花生叶子都吃了就不能结花生了。这只不听话的猪是黑猪，可是他（它）的鼻子、四只脚、尾巴都是白的。他（它）的名字叫"巴克夏"。

　　今天爸爸收到了你的信，还有妈妈的信。你说你想到我这儿来，爸爸特别高兴！你说你想和爸爸一块骑大洋马，爸爸更高兴了！小艾快快长大吧！

　　妈妈已经走了吧！

　　问婆婆好！

你的爸爸

8 月 27 日

　　这是小钱叔叔送给你的红蜻蜓。

亲爱的小艾.

爸爸今天休息。

早晨爸爸和邻居叔叔（就是白白的爸爸）一块给小猪煮了一大锅玉米粥，你看那些小猪多馋哪，粥还没熟就都来围着闻味了。我好像小艾在家里时，爸爸烧肉，还没熟小艾我老尝一块一块。

爸爸今天没事，就给小艾画好多好多好玩的画。你说好吗？

一九六九年十月十一日   47

国庆节那天，我们这儿表演节目。爸爸还唱歌了呢！唱的是劳动的时候唱的歌，特别好听。妈妈也会唱，你让妈妈给唱吧。还有小梅姐姐也会唱。唱完了，人家都说好，说有劲儿！

表演节目，还看《草原姐妹》电影，你记得爸爸带你看过吗？

有一天我们又给猪打针了。大猪特别大，力气也大。爸爸又是捉猪的。

爸爸揪着猪尾巴。大猪一跑，爸爸我跟着他乱跑。那天爸爸撞伤了好几个地方。手上，肩膀上，头上都破了。你说

48

可怕吗？要是你来捉猪，你害怕吗？

爸爸不害怕，哗哗流血也不害怕。

我们有一条大狗，特别利害，有野猪来了，他就追上去咬，特别勇敢。爸爸很喜欢这条大狗，他的名字叫"花子"因为他是花的。有时早上爸爸还没起床，他就来找爸爸了。

我们还有一条小狗，名字叫"莉莉"，我在上面画了小狗。他比小猪还馋，看见什么我吃什么，有时候跟小羊抢东西吃。你看他的肚子像不像个大皮球？

　　大艾你在问爸爸去干什么，你以为爸爸逃学
之类，只是放猪。有时猪起听话，爸爸
就可以躺下休息一会。

　　你陪爸爸写信吧，等着爸爸。

　　大艾，你还记得爸爸是什么样子
吗？你看见爸爸会不会相信了呢？

　　　　　　　　　　　　爸爸 11/10

亲爱的小艾：

爸爸今天休息。

早晨爸爸和舒野叔叔（就是白白的爸爸）一块给小小猪煮了一大锅玉米粥。你看那些小猪多馋哪，粥还没煮熟就都来围着闻味了，就好像小艾在家里时，爸爸烧肉，还没熟小艾就先尝一块一样。

爸爸今天没事，就给小艾画好多好多好玩的画，你说好吗？

国庆节那天，我们这儿表演节目，爸爸还唱歌了呢！唱的是劳动的时候唱的歌，特别好听。妈妈也会唱，你让妈妈给唱吧。还有小梅哥哥也会唱。唱完了，人家都说好，说有劲儿！

表演完节目，还看《草原小姐妹》电影。你记得爸爸带你去看过吗？

有一天我们又给猪打针了。大猪特别大，力气也大，爸爸又是捉猪的。爸爸揪着猪尾巴，大猪一跑，爸爸就跟着他（它）乱跑。那天爸爸撞伤了好几个地方，手上、肩膀上、头上都破了，你说可怕吗？要是你来捉猪，你害怕吗？爸爸可不害怕，哗哗流血也不害怕！

我们有一条大狗，特别利（厉）害，有野猪来了，他（它）就追上去咬，特别勇敢。爸爸很喜欢这条大狗，他（它）的名字叫"花子"，因为他（它）是花的。有时早上爸爸还没起床，他（它）就来找爸爸了。

我们还有一条小狗，名字叫"莉莉"，就是上面画的小狗。他（它）比小猪还馋，看见什么就吃什么，有时候跟小猪抢东西吃。

你看他（它）的肚子像不像个大皮球？

小艾你看爸爸在干什么，你以为在玩吗？不是，是在放猪。有时猪挺听话，爸爸就可以躺下休息一会。

快给爸爸写信吧，写长长的。

小艾，你还记得爸爸是什么样子吗？你看见爸爸的相片了吗？

爸爸

10 月 11 日

亲爱的小艾：

　　你怎么老不给爸爸写信呀？
爸爸太想你了！爸爸太太太太太
太太太太想你了！

　　前几天爸爸和沈爷爷、小钱
叔叔去赶集了。你知道什么叫赶
集吗？赶集就是农村的东风市
场，有好多卖东西的。我们买了一
些鸭子，还有鱼。沈爷爷把鸭
子杀了。我们
大家一起
拔毛。拔了
好半天才拔
完。然后（不是
"完后"）就送
给饭馆里

绘煮，鱼也是一样，我们吃起来了，挺让人恶绘煮。我们我到等上去院，又买了毛角吃，你吃过吗？是这样的东西。 皮特厚，外边是绿的，里边是白的。挺好吃！我们这左哪里洗手……后来我们我吃甲鱼和鱼。你来了我就带你去赶集，你想去吗？

　　我们猪场。一个大白母猪生了十只小白猪，小极了，像老鼠一样。

晚上爸妈怕大白母猪饿了，小猪
没有奶吃（不是牛奶是猪奶）就
给大白母猪送去
一大桶稀咪饭。

大白母猪
"巴唧，巴唧"
一会就吃完了。

那一桶要是给你吃大概一个月
也吃不完！

猪场里除了猪还有两条大狗
一条叫花子，一条叫黄，小狗叫莉，
前两天又拿来了一只小黑猫，这小黑
猫特别讨厌，老爬到床上来，我们都
不喜欢他，莉它也不喜欢他，天天咬

他。 今天他已经逃跑了，
爸爸也不知道他跑
到哪里去了。

爸爸放猪回来的时候，几条狗
都扑到爸爸身上来，
特别的凶。

你怕狗
吗？

爸爸睡觉的时
候，"花子"就在
身边看着，你看
他还歪着个头
呢！

56

1969.10.26

亲爱的小艾：

　　你怎么老不给爸爸写信呀？爸爸太想你了！爸爸太
太太太太太太太太太想你了！
　　前几天爸爸和沈培叔叔、小钱叔叔去赶集了。你知
道什么叫赶集吗？赶集就是农村的东风市场，有好多卖
东西的。我们买了一支（只）鸭子，还有鱼。沈培叔叔
把鸭子杀了，我们大家一起拔毛，拔了好半天才拔完，
然后（不是"完"后）就交给饭馆里给煮。鱼也是一样，
我们洗干净了，让人家给煮，我们就到集上去玩，又买
了菱角吃。你吃过吗？是这样的东西：皮特厚，外边是
绿的，里边是白的，挺好吃！我们还在河里洗手……后
来我们就吃鸭子和鱼。
　　你来了我就带你去赶集，你想去吗？
　　我们猪场，一个大白母猪生了十只小白猪，小极了，
像老鼠一样。
　　晚上爸爸怕大白母猪饿了，小猪没有奶吃（不是牛
奶是猪奶），就给大白母猪送去一大桶稀饭。大白母猪
"巴（吧）唧、巴（吧）唧"一会就吃完了。那一桶要给你

吃，大概一个月也吃不完！

　　猪场里除了猪，还有两条大狗，一条叫"花子"，一条叫"黄子"，小狗叫"莉莉"，前两天又拿来了一只小黑猫。这小黑猫特别讨厌，老爬到床上来，我们都不喜欢他（它），"莉莉"也不喜欢他（它），天天咬他（它）。今天他（它）已经逃跑了，爸爸也不知道他（它）跑到哪里去了。

　　爸爸放猪回来的时候，几条狗都扑到爸爸身上来，特别好玩。你怕狗吗？

　　爸爸写信的时候，"花子"就在旁边看着，你看他（它）还歪着个头哪！

DW

10月26日，1969年

爸爸带了莉莉去游泳了!

天特别冷，他还敢游吗？
你看，爸爸去游泳，十艾在岸上
不敢下水。

苏修来侵略我们；

珍宝岛我像一把铡刀把苏修的鼻子铡掉了！

要是苏修敢
跟我们打仗.爸
爸和叔叔都去
当解放军.

咱们一放
枪苏修就吓
跑了!

爸爸带了莉莉（小狗）去游泳了！

天特别冷，你还敢游吗？你看，爸爸在游泳，小艾在岸上不敢下水。

苏修来侵略我们，珍宝岛就像一把铡刀把苏修的鼻子铡掉了！

要是苏修敢跟我们打仗，爸爸和小艾都去当解放军。咱们一放枪苏修就吓跑了！

亲爱的小艾：

　　爸爸特别特别地想你！

　　你的信写得真好！爸爸喜欢你写得长长的信！

　　你想到爸爸这里来，等妈妈带你来吧！

　　爸爸现在已经不养猪了，改成盖房子，盖好房子好让你来和爸爸住在爸爸盖的房子里，你说好吗？

　　爸爸现在当木匠了。

每天锯木头，
刨木头，

一九六九年十一月十五日　　　　　　　63

爸爸第一次做了一个窗户框。做好了一看，窗户框是歪的。

怎么办？只好向老师父好好学习。一定能学会的。

放假日爸爸和沈培根到一块去玩，碰见了四个人去打猎，"砰"的一枪就打死了一个兔子。

真棒！

兔

爸爸罩了两只兔子，放在一只铁桶里煮。

一会功夫就煮熟了。

爸爸吃了一只兔子腿特好吃。将来十艾来了，爸爸给你煮一只兔子，把兔子腿都留给你吃，你想吃吗？

你上幸福一小了吗？天天跟妈妈一块去上学呢？过马路时要十心向左右看看有没有汽车。

小艾你
还记得
爸爸在
猪场时
的三条狗嗎。
你还记得它
们叫什么嗎?
他们叫花子,
黄子,莉子.爸
爸现在已经
不在猪场住

3.可是他们还常常跑来找爸爸玩.他
们一来就爬到爸爸身上来,一看见爸爸就
特别高兴.你说奇怪嗎?

今天就写到这里.再见!

爸爸 15/11

66

亲爱的小艾：

爸爸特别特别地想你！

你的信写得真好！爸爸喜欢你写得（的）长长的信！

你想到爸爸这里来，等妈妈带你来吧！

爸爸现在已经不养猪了，改成盖房子，盖好房子好让你来和爸爸住在爸爸盖的房子里。你说好吗？

爸爸现在当木匠了，每天锯木头、刨木头。

爸爸第一次做了一个窗户框，做好了一看，窗户框是歪的。怎么办？只好向老师父（傅）好好学习，一定能学会的。

放假日爸爸和沈培叔叔一块去玩，碰见了四个人在打猎，"砰"的一枪，就打死了一个（只）兔子。

爸爸买了两只兔子，放在一只铁桶里煮，一会功（工）夫就煮熟了。爸爸吃了一只兔子腿，特好吃。将来小艾来了，爸爸给你煮一只兔子，把兔子腿都留给你吃。你想吃吗？

你上幸福一小了吗？天天跟谁一块去上学呢？过马路时要小心向左右看看有没有汽车。

小艾，你还记得爸爸在猪场时的三条狗吗？你还记得它们叫什么吗？他（它）们叫花子、黄子、莉莉。爸爸现在已经不在猪场住了，可是他（它）们还常常跑来找爸爸玩。他（它）们一来就爬到爸爸身上来，一看见爸爸就特别高兴。你说好玩吗？

今天就写到这里，再见！

爸爸

11月15日

亲爱的小艾：

　　爸爸特别特别地　想你！你知道吗？

　　爸爸天天都在盖房子，现在已纪盖了十几间房子。爸爸特别忙，每天一动完了就开会，所以没有时间给你写信了，可你怎么也老不给我写信了呢？

　　妈妈说你当付班长了，告诉爸爸当付班长都干什么呀？

　　妈妈说你考字三次得100分，爸爸很高兴！你功课好爸爸最喜欢了！下次写给爸爸一些你在学校里的事情，可别忘了！

　　　　　　　爸爸在床上给
　　　　　　　小艾写信

爸爸做了一个大锅
盖。现在厨房里炒
菜的锅就用这个大
锅盖。

爸爸从前不会做
锅盖，什么都不会
做。现在会做锅
盖了，还会做门窗，
以后什么都会做，
那多好啊！

你看这就是爸和好多叔叔
阿姨一起盖的新房子。过几天我
可以搬进去了。

这是爸爸上次写信告诉你的"花子"

70

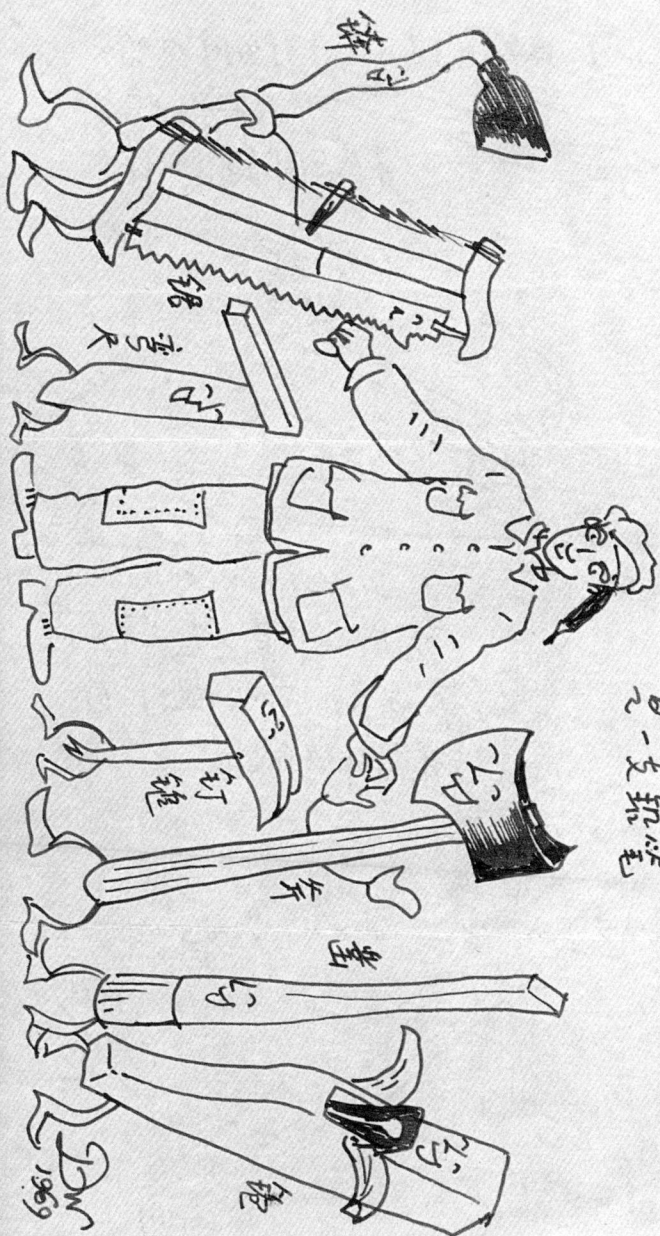

小艾，你知道铇子是干什么用的嗎？
一扑弯&曲的
木头，用铇子一铇

就成了一根又直又平又漂
亮的木头，可以做门、窗……
什么都能做。

爸々
19/12

向婆々好！

72

亲爱的小艾：

爸爸特别特别地想你！你知道吗？

爸爸天天都在盖房子，现在已经盖了十几间房子。爸爸特别忙，每天劳动完了就开会，所以没有时间给你写信了，可你怎么也老不给我写信了呢？

妈妈说你当付（副）班长了，告诉爸爸当副班长都干什么呀？

妈妈说你写字三次得100分，爸爸很高兴！你功课好爸爸最喜欢了！下次写给爸爸一些你在学校里的事情，可别忘了！

爸爸做了一个大锅盖，现在厨房里炒菜的锅就用这个大锅盖。

爸爸从前不会做锅盖，什么都不会做，现在会做锅盖了，还会做门、窗，以后什么都会做，那多好啊！

你看，这就是爸和好多叔叔阿姨一起盖的新房子，过几天就可以住人了。

爸爸的新朋友

小艾你看爸爸帽子上插的是一支铅笔。

锛、锯、弯尺、钉锤、斧、凿、刨

　　小艾，你知道刨子是干什么用的吗？一块弯弯曲曲的木头，用刨子一刨就成了一根又直、又平、又漂亮的木头，可以做门、窗……什么都能做。

爸爸

12月19日

问婆婆好！

亲爱的小艾：

　　爸爸特别特别地想你！
　　爸爸又在给你写信了。

爸爸还是在床上给
你写信的。你看爸
爸床上有一床新
的白棉被，这
是阿姨们给
爸爸缝的。那一
天特别冷，爸爸
想缝被子。

还去买
了针线

可就是不会缝。怎么办呢？
这时阿姨们就来给爸
爸缝了。一会就缝好了。
爸爸晚上睡觉就一点
都不冷了！你说阿
姨们好吗？

你也要学习阿姨们,多帮助别人做事你说对吗?你愿意帮助别人吗?

爸爸也向阿姨们学习,有的同志工具坏了,爸爸就帮助修理好;有的同志小竹篮坏了,爸爸也给修好了。

毛主席说"我要你们大家互相关心,互相爱护,互相帮助"我们都要听毛主席的话!

今天是休假日,可是我们工木组还劳动。我们不到一天就做好了六个门框,十二个窗框,大家都很快活!

你知道这是什么东西吗?是干什么用的?

吃完晚饭．小梅哥哥拉胡琴．爸爸唱

唱戏．

《智取
威虎山》
爸爸都会唱
了，你会吗？

你会唱
小常保唱
的那一段
"八年前……"

吗？你要会了，爸爸
和你一块唱，爸爸唱："小常保……"好吗？
你快学吧！爸爸我等和你一块唱了！

昨天爸爸放假了，我和小梅哥哥去洗衣
服。夏天我们去河里洗，冬天河水太冷我
用井水洗。井水是暖和的。
我们洗了好多
好多件衣服，
还刷了两双
皮鞋。

78

亲爱的小艾：

爸爸特别特别地想你！

爸爸又在给你写信了。爸爸还是在床上给你写信的。你看爸爸床上有一床新的白棉被，这是阿姨们给爸爸缝的。那一天特别冷，爸爸想缝被子，还去买了针线，可就是不会缝，怎么办呢？这时阿姨们就来给爸爸缝了，一会就缝好了，爸爸晚上睡觉就一点都不冷了！你说阿姨们好吗？

你也要学习阿姨们，多帮助别人做事，你说对吗？你愿意帮助别人吗？

爸爸也向阿姨们学习。有的同志工具坏了，爸爸就帮助修理好；有的同志小竹凳坏了，爸爸也给修好了。

毛主席就要我们大家"互相关心，互相爱护，互相帮助"，我们都要听毛主席的话！

今天是休假日，可是我们木工组还劳动。我们不到一天就做好了六个门框、十二个窗框，大家都很快活！

你知道这是什么东西吗？是干什么用的？

吃完晚饭，小梅哥哥拉胡琴，爸爸唱唱戏，《智取威虎山》爸爸都会唱了，你会吗？你会唱小常保（宝）唱的那一段"八年前……"吗？你学会了，爸爸和你一块唱，爸爸唱："小常保（宝）……"好吗？你快学吧！爸爸就要和你一块唱了！

昨天爸爸放假了，就和小梅哥哥去洗衣服。夏天我们在河里洗，冬天河水太冷就用井水洗，井水是暖和的。我们洗了好多好多件衣服，还刷了两双鞋。

洗完了衣服，又去捞虾米，可是捞了半天，一只也没捞着。真奇怪，虾米都躲到哪里去了呢？

爸爸

12 月 22 日

卷 二

给女儿小艾的信

1970.01 — 1970.12

我特别特别地想你

蹇艾

　　父亲写给我的信件终于出版了，已经远行的父亲知道这个消息一定会感到欣慰的。他一生中虽然创作了不少作品，出版了不少画册，可是他自己最欣赏、最得意的作品却是这些写给女儿的信件。他认为这些图文并茂的信件真实、有趣，充满父女深情。由于年代已久，又经过几次搬迁，有些信件可能遗失了，这次收集的应该是父亲写给我的大部分信件。

　　1969 年团中央所属的各个机关干部下放河南农村。父亲随当年任职的团中央中国青年报社来到河南省信阳县黄川黄湖"五七"干校，我和妈妈还有婆婆（妈妈的妈妈）留守在北京。1972 年，我来到干校与父亲会合之前，他给我写了很多信。干校的生活对于这些擅长拿笔杆子的知识分子来说一定是十分艰难的，可是父亲在给我的信中，却把它用简练的文字和生动的绘画描绘得那么有趣。干农活，当木匠，做猪倌，在食堂掌勺，展现在我眼前的农村生活是那样丰富多彩。阅读这些信件曾给一直生活在城市的我带来了无限的乐趣和遐想，每封信都是读了又读，以至于四十余年后的今天，我对一些信中的描写，特别是插图，还记得一清二楚。

记得有封信描绘了父亲的忘年交小梅哥哥和蛇的故事。小梅哥哥把活生生的蛇挂在脖子上，或者把蛇塞进上衣口袋里，当蛇脑袋钻出来的时候，他用手又把它按回去。那些栩栩如生的画面看得我心惊胆战：那蛇可是会咬人的哪，小梅哥哥怎么不怕呢？还有幅画画的是父亲和他的好朋友沈培叔叔。父亲说过有段时间沈培叔叔受到冲击，大家在公共场合都不敢跟他讲话。画面上父亲坐在牛车上，沈培叔叔和看管他的人从对面走来，没有对话，但他们忧愁的表情和眼神却流露出对彼此的关心。我为画面上传递出来的友情感动。父亲还讲过住在我们"六间房"的一条叫"阿西"的公狗的故事。阿西和一条母狗相依相偎，形影不离。但有一天，母狗被人打死了，阿西独自趴在僻静的小径上三天不吃不喝。我去干校住在"六间房"的时候，阿西是我们六个小家庭共有的四条狗之一，其他三条狗又小又可爱，可是父亲曾经描绘的阿西的经历让我对它情有独钟，喂它的食物和跟它玩的时间总是最多。

世事多变，几年后，父母因感情不和而分居。父亲希望能抚养我，这样我于1972年9月终于来到了向往的干校。农村的景象跟城里大相径庭，可是一切又显得那么熟悉。我们居住的"六间房"，门前的"二郎岗"，看家狗"阿西"等等，这些都在父亲的信里多次出现，我只需要把它们对号入座。在干校与父亲相依为命的两年，真像父亲信里描述的那样新鲜有趣。我们一起去捉过青蛙，钓过鱼，坐着驴车赶过集。那时候吃饭都是去连部打饭，自己家里还可以用小煤炉做小灶加餐。连里有自己的菜地，吃的菜都是刚从菜地里采摘来的，又新鲜又好吃。我们也有自己的养猪场，印象里吃肉的机会比按人口限量供应的北京还要多。加餐的内容经常是鸡蛋、鸭蛋，偶尔周末长途跋涉去赶集的话，还能从当地老乡那儿买回鸡呀、鱼呀、甲鱼呀、野兔呀什么的，然后爸爸红烧一大锅野味和朋友尽情分享。

我们干校的学校也很有特色，学校的老师是团中央下属各个机关挑来的能人，学生都是下放人员的子女。一个语文老师是报社的编辑，她对我们写作的要求特别苛刻，错别字不能有，语句也一定要通顺，为我们的汉语学习打下了牢固的基础。另一个患了牛皮癣的语文老师也是报社的编辑，他知识渊博，文史兼通，总是一边讲课，一边挠头挠胳膊。他讲课的内容虽然很有趣，但看着从他身上像雪花一样不停地飘下的皮肤碎屑，也挺让我们倒胃口的。我们学校还开设了英文课，由团中央的大翻译教。开始的几个星期我的英文考试总是不及格，因为北京的小学四年级还没有开过英文课，而干校的孩子们已经有了一两年的英文基础了。画画课呢，我总是上得心有余悸。大家都知道父亲是画画的，都以为我也一定画得不错，可是我是画什么不像什么。唉，不记得是怎样熬过那些漫长的画画课的了。

团中央的干校于 1974 年完成使命，各机关人员陆续回京。父亲一定是十分欢喜的，因为回北京就意味着他有可能重新开始画画了。他曾多次感叹在干校的这些年，正是他创作欲望最强，精力最充沛的时候，但他却不得不远离画笔，每日半天政治学习，半天在地里干活，做着他不擅长也没有兴趣的事。这真是他们这一代人的悲哀。

农村的生活却是小孩子的天堂。每一天的生活都不一样，每一天都可能有可乐可笑的事情发生。特别是这每一天都是和我挚爱的父亲一起度过的。我们一起快乐，一起冒险，一起担心，偶尔也一起忧伤。两年的时间，给我留下了数不清的温馨的回忆。

印象中的父亲对我从来都是笑眯眯的，不会强迫我做我不喜欢的事。我若做错了什么事，他会态度和蔼地跟我讲道理，让我明白错在哪里。由此，我从小就对父亲非常依恋。他独自去干校的那几年，每年有一次探亲假。他回来的时候全家皆大欢喜，离开的时候脚步应该是很沉重的。隐约记得有一次，我和妈妈去北京火车站送父亲回干校，到他该上车的时间了，我却抱紧他的腿坚决不让他走，并且开始号啕大哭，任谁劝也没有用。到最后火车马上就要开了，妈妈只好骗我说父亲要去上厕所，一会儿就回来，我这才松了手。据说当时还有其他的报社人员及其亲属在场，那以后，大家都知道我跟父亲不仅长得像，感情也特别深。

重温父亲的信，发现他在干校时也不忘督促我的成长，希望我好好学习，爱劳动，听大人的话，他还特别希望我能助人为乐，也一直用他的行动给我做出榜样。他曾长期接济在经济上有困难的亲属；亲戚朋友需要借钱、换粮票什么的，他也都会尽力而为。幼时不懂事理，我有时会对此发出微词，认为我们自己经济上都挺紧张，哪有更多的钱去给别人呢。他总是说还有比我们困难的呢。他曾对我说：有能力帮助别人的时候去帮人，这是谁都能做到的事；但自己也有困难的时候还能伸出援助之手，那可不是每个人都能做到的。每当他看到由于他的帮助，别人的困难解决了，生活改善了，那可比把钱用在他自己身上更让他高兴。

还有一件让我对父亲肃然起敬的事情。在干校的时候，有一天，吃过晚饭，父亲拿了把铁锹让我跟他走。原来，那一天是清明节，他要给一个在干校因病去世的阿姨上坟。看他认真地一锹一锹地上着坟，我问他这位阿姨是不是他的朋友，他回答说，这位阿姨不是朋友，甚至他也并不怎么喜欢她，只是怜悯她孤独长眠在异地，他要替阿姨的家人祭奠一下。我在把几朵红花草放在新上好的坟上的同时，也记住了父亲的为人。

父亲的信里提到我也给他回信。我不记得回信写得勤不勤，但忘不了很早就固定了的格式。我的信总是以"亲爱的爸爸"开头，他的呢，当然是"亲爱的小艾"，然后第二句为"我特别特别地想你"。记得有一次为了表示对他特别地思念，我用了三个"特别"，结果他的回信里用了四个"特别"，然后我又增加到了五个"特别"，好像我们曾经用到过七个"特别"，但很快我们俩就对这个"游戏"厌烦了，因为真正想写的东西还没写，就要写那么多"特别"，真是太麻烦了。我们就又回到起点，只用两个"特别"。这一格式一直持续到我长大成人，东渡东瀛，又横跨太平洋。也许当年去火车站给父亲送行时，我就应该得到这个教训：我的眼泪并没有留住父亲。去年父亲病重时，我们的泪水还是没能把他留住。如今，已经不再需要给他写信了，但我仍旧特别特别特别特别地想他。

2012 年 10 月于美国

亲爱的小义：

你看爸爸画的画，那是在杀牛，牛的力气特别大。十几个人按住它，爸爸抓住它的大犄角。那个叔叔拿一把大刀，把牛脖子割破一个大口子。血就像你那把水枪里的水一样喷出来了。爸爸今天就要吃牛肉了。

爸爸已经搬到新房子里住了。这个房子就是我们自己盖的。可是没有门。晚上特别冷。爸爸就在房子里烧一堆火。这样就一点都不冷了！

可是睡觉的时候就不能烧火了，所以很冷，今天早晨爸爸就装门。

爸爸还没有学会装门，一天才装了两个门。也许明天就会装了。

× × ×

今天是元旦，就是一九七○年一月一日，爸爸收到了你的信，特别高兴！

你的信写得很好。爸爸知道了班长就是哦精忌，哦丰晴同学都好。

你子孤当王好战士吧！

元旦这一天，爸爸和妈妈、敬爱阿姨到公社去签保毛主席最新指示，爸爸还踩快板，一天走了二十多里地。

我们过新年吃的很好，爸爸吃饭就在爸爸的破木箱上，（先培报之）十张嫦、来庭十梅好几个人，吃了牛肉、饺子、花糖、鸡蛋、鸭蛋、苹果、点心……还喝了酒。

爸爸特别想你！

妈妈回家了吧！在乐里要听妈妈的话！

婆婆好吗？

小五

爸爸
1970.1.2.

亲爱的小艾：

　　你看爸爸前面的画，那是在杀牛。牛的力气特别大，十几个人按住它，爸爸抓住它的大犄角，那个叔叔拿一把大刀，把牛脖子割破一个大口子，血就像你那把水枪里的水一样喷出来了。爸爸今天就要吃牛肉了。

　　爸爸已经搬到新房子里住了。这个房子就是我们自己盖的，可是没有门，晚上特别冷，爸爸就在房子里烧一堆火，这样就一点都不冷了！

　　可是睡觉的时候就不能烧火了，所以很冷。今天早晨爸爸就装门。爸爸还没有学会装门，一天才装了两个门，也许明天就会装了。

　　今天是元旦，就是1970年1月1日，爸爸收到了你的信，特别高兴！

　　你的信写得很好，爸爸知道了班长就是喊"稍息"，喊"半臂向前看齐"。

　　你争取当五好战士吧！

　　元旦这一天，爸爸和好多叔叔阿姨到公社去宣传毛主席最新指示，爸爸还念快板，一天走了二十多里地。

我们过新年吃的（得）很好，爸爸吃饭就在爸爸的破木箱上。沈培叔叔、小张姨、未迟①、小梅好几个人，吃了牛肉、饺子、花卷、鸡蛋、鸭蛋、苹果、点心……还喝了酒。

　　爸爸特别想你！

　　妈妈回家了吧！在家里要听妈妈的话！

　　婆婆好吗？

爸爸

1 月 2 日，1970 年

---

① 未迟是沈培的儿子。

小艾追爸爸

小艾穿着爸爸的棉大衣

小艾，你还记得它们
都叫什么名字吗？

你试试须肯吃
过奶油炸糕

小艾说:
"二, 三皇主!"
《打扑克》

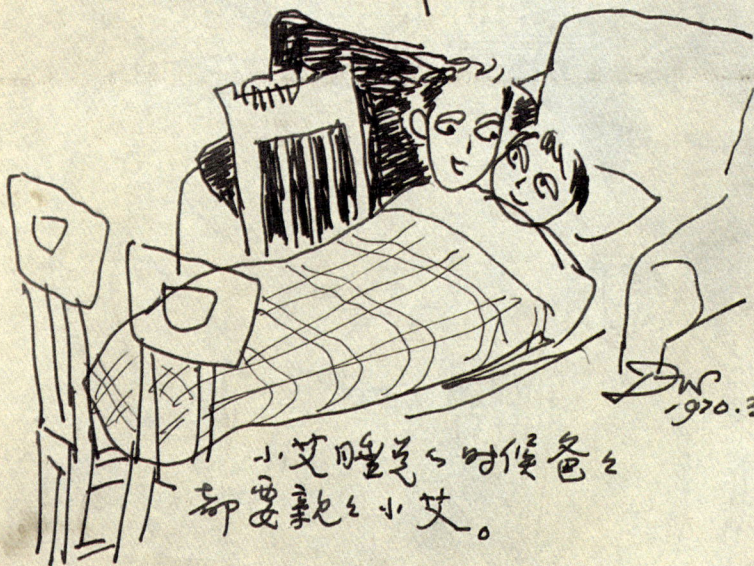

小艾睡觉的时侯爸爸
都要亲小艾。

DW
1970.3.

98

亲爱的小艾：

爸爸特别想你！

爸爸又到了黄湖，可爸爸一直都记着在北京时怎样和小艾一块玩。你还记得吗？

DW

1 月，1970 年

爸爸回来了！

小艾追爸爸

小艾穿着爸爸的棉大衣

小艾，你还记得它们都叫什么名字吗？

你说你没有吃过奶油炸糕

《打扑克》小艾说：“二、三是主！”

小艾睡觉的时候爸爸都要亲亲小艾。

DW

3 月，1970 年

亲爱的小艾：

爸々特别想你！

你收到爸々的信了吗？

你喜欢爸々给你写的

信吗？你说爸々不给你写

信，爸々不是又给你写信了吗：

爸々在给小艾写信

100

急忙回到寝室，
知道分数太后，急忙
又恢复到三个月。
特殊要比记不起。
看到他好多个门框，
也许平有一天神爸，
有人爸也恢复吗。

101

陈老人手托着玉龙山模型向海申回 董飞 78/3

1970.3.18

亲爱的小艾：

爸爸特别想你！

你收到爸爸的信了吗？

你喜欢爸爸给你写的信吗？你说爸爸不给你写信，爸爸不是又给你写信了吗？

爸爸回到黄湖以后又当木匠了，爸爸又做好了三个门。将来爸爸还不知道要做多少个门呢！也许有一天你会看见爸爸做的门。

爸爸天天和小梅下五子棋，你看墙上写的就是爸爸每次比赛胜利的纪（记）录。

爸爸

3 月 18 日，1970 年

宣传队来给我们表演节目（见103页）

亲爱的小文：

爸爸特别特别想你！

这像你吗？你还带饭盒上学去吗？

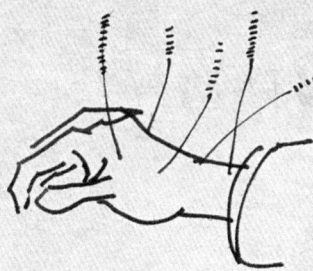

爸爸手还没有好，差不多每天都扎针，手上扎上好几根针，好像一个刺猬。你说好玩吗？

爸爸这里这几天老下雨，一下雨路上都是泥，非常难走，走起路鞋上粘满了泥，你看，多好玩！

爸爸 23/3 1970

亲爱的小艾：

爸爸特别特别的（地）想你！

这像你吗？你还带簸箕上学去吗？

爸爸手还没有好，差不多每天都扎针，手上扎上好几根针，好像一个刺猬（猬）。你说好玩吗？

爸爸这里这几天老下雨，一下雨路上都是泥，非常难走，走完了路鞋上粘（沾）满了泥。你看，多好玩！

爸爸

3月23日，1970年

亲爱的小艾：

爸爸特别特别地想你！
你知道吗？

1970

下雨了，爸爸在屋子里向看下雨。

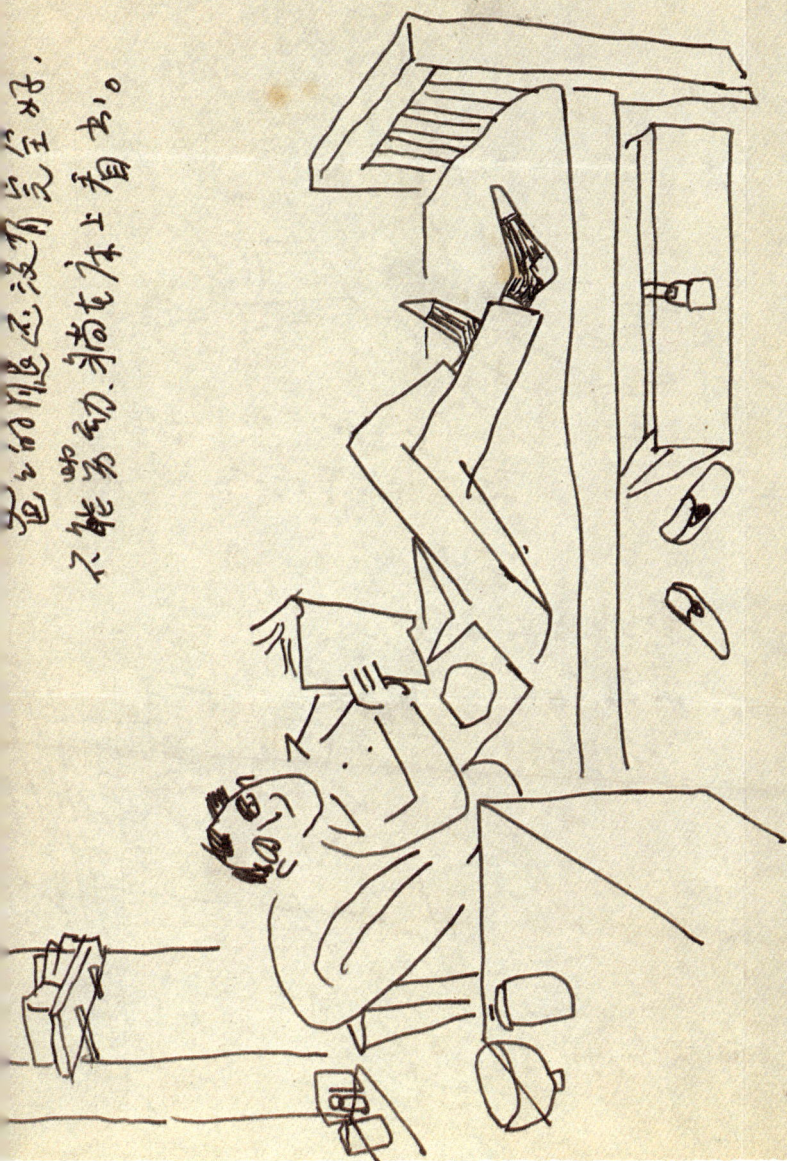

画上的眼也闭了这可不太好，不能多动弹。脸也许上有泪。

109

爸爸不能走路，有时
就在屋里干活，爸爸在磨
斧子。

爸爸在床上
画画，因为
没有桌子。

爸爸的画贴在墙报上了，你们写
投稿墙报吗？

爸爸的梦

小艾揪着
爸爸的耳朵。

爸爸揪着
牛犄角

111

亲爱的小艾：

爸爸特别特别地想你！你知道吗？
下雨了，爸爸在屋子里面看下雨。

爸爸的腿还没有完全好，不能劳动，躺在床上看书。
爸爸不能走路，有时就在屋里干活。爸爸在磨斧子。
爸爸在床上画画，因为没有桌子。
爸爸的画贴在墙报上了，你们学校有墙报吗？

爸爸的梦
小艾揪着爸爸的耳朵，爸爸揪着牛犄角。（见 111 页）

亲爱的小艾：

　　爸爸特别 特别地想你！

　　放假的一天，小梅哥哥去钓鱼了，我们都等他钓了鱼来吃，可是他去了半天，一条鱼也没钓着，可是他说水里有许多大田螺，爸爸把一只杯子绑在竹竿上，到水边去捞田螺，你看见过田螺吗？

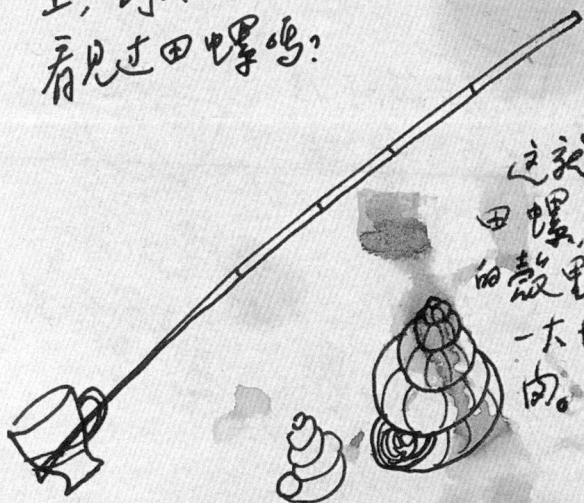

这就是田螺它的壳里有一大块肉。

我们就用绑了竹竿的杯子去捞田螺了。
一会儿功夫就捞了一大盆田螺。
把壳刷掉洗乾净了，就煮了一大锅
田螺肉好吃极了，爸爸还喝了酒。

爸爸给幼儿园
的小朋友做了一
个玩具，这里接
照一个劳动用
的工具做的。

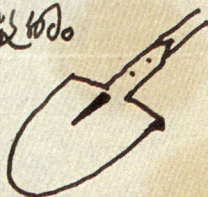

把泥放在木
框子里，然后用手
按平。

最后把框子拿起
来就成了一块泥做
的砖，我们就用这种
泥砖叫土坯。
（盖房子）

DW
1970

115

亲爱的小艾:

爸爸特别特别地想你!

放假的一天,小梅哥哥去钓鱼了,我们都等他钓了鱼来吃,可是他去了半天,一条鱼也没钓着。可是他说水里有许多大田螺,爸爸把一只杯子绑在竹干(竿)上,到水边去捞田螺。你看见过田螺吗?

这就是田螺,它的壳里有一大块肉。

我们就用绑了竹干(竿)的杯子去捞田螺了。一会儿功(工)夫就捞了一大盆田螺。把壳剥掉,洗干净了,就煮了一大锅。田螺肉好吃极了,爸爸还喝了酒。

爸爸给幼儿园的小朋友做了一个玩具,这是按照一个劳动用的工具做的。把泥放在木框子里,然后用手按平,最后把框子拿起来就成了一块泥做的砖。我们就用这种泥砖盖房子,叫土坯。

你让爸爸做红缨枪，可爸爸特别忙，做好了，也不好带，还是让妈妈给你买一支吧。等爸爸以后有时间再给你做。你不生气吧！

你怎么老不给爸爸写信了呢？要写长长的一封来爸爸才喜欢！

爸爸
28/3
·1970·

你让爸爸做红缨枪，可爸爸特别忙，做好了也不好带。先让妈妈给你买一支吧，等爸爸以后有时间再给你做。你不生气吧！

　　你怎么老不给爸爸写信了呢？要写长长的一封来，爸爸才喜欢！

爸爸

3 月 28 日，1970 年

亲爱的小艾：

　　爸爸特别特别地想你！

　　爸爸给你写的信你都收到了吗？

　　你喜欢吗？

爸爸又来信了！

爸爸特别喜欢看小艾写的信，快给爸爸写信吧！

你看爸爸正在看小艾的信！

星期天小梅哥哥钓了好多鱼，我们都给吃了。

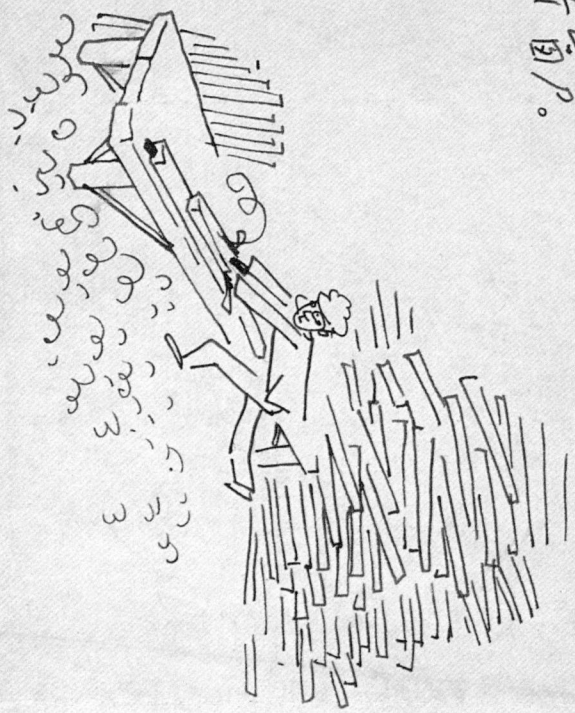

左 7/4
1970

爸仑昔上工

亲爱的小艾：

爸爸特别特别地想你！
爸爸给你写的信你都收到了吗？
你喜欢吗？

爸爸特别喜欢看小艾写的信，快给爸爸写信吧！你看爸爸正在看小艾的信！

星期天小梅哥哥钓了好多小鱼，我们都给吃了。

爸爸要把堆得像山一样高的木头刨平，然后做成好几百个窗户。

爸爸

4 月 7 日，1970 年

爸爸去上工（见122页）

亲爱的小艾：

　　爸爸特别特别地想你！比以
前更想你！

　　你的信写得真好！字也写得
很好！

　　你说你跟爸爸那么好一样
糨糊粘的那么紧似的。爸爸
为了你的信都要哭了！爸爸也
很那么好！

　　　　小艾

爸爸看小艾写的信

1970
16 April

124　　　　　　　　一九七〇年四月十六日

亲爱的小艾：

　　爸爸特别特别地想你！比以前更想你！
　　你的信写得真好！字也写得很好！
　　你说你跟爸爸那么好——像浆（糯）糊粘（得）那么紧
似的。爸爸看了你的信都要哭了！爸爸也跟小艾那么好！

　　爸爸在看小艾写的信

昨天爸爸又演节
目了，就在家里咱们
三个人一块演节目一
样，爸爸唱劳动号子，
台下有一千多人听。
有那么多人你敢
唱吗？你害怕吗？
爸爸一点都不害
怕！

前些天，爸爸摔
一跤，腿特痛，
走路得用一根
拐棍子，你说
好玩吗？

126

有一天色色的玩具坏了，他
很喜欢喊。天上有个月亮，
色色对话玩那个十支玩
它们看上天咪呀！色色
说啊色的吵也坏了它就哭
啊喂哭。小咪又坏了
吧。

这个大夫在给爸爸打针.
爸爸也很好了.本来巴巴扭了
因子没有用了.

小艾你种葫芦
籽好吗？跟妈妈要
吧！你要不爱种葫芦
爸爸再给你寄别的籽.

爸爸

16/4
1970

昨天爸爸又演节目了，就在家里咱们三个人一块演节目一样。

　　爸爸唱劳动号子，台下有一千多人听。有那么多人你敢唱吗？你害怕吗？爸爸可一点都不害怕！

　　前些天，爸爸摔了一跤，腿特痛，走路得用一根棍子。你说好玩吗？

　　有一天爸爸晚上值班看蔴（麻），天上有个月芽（牙），爸爸好像看见小艾就在月芽（牙）上笑哪！爸爸就唱了好些小艾喜欢听的歌，你听见了吗？

　　这个大夫在给爸爸打针，爸爸已经好了，棍子已经扔了，因为没有用了。

　　小艾你种葫芦籽好吗？跟妈妈要吧！你要不爱种葫芦爸爸再给你寄别的籽。

爸爸

4 月 16 日，1970 年

亲爱的小艾:

爸爸特别特别地想你!

爸爸的腿已经好了。但是还有一点痛。所以走起路来特别慢，好像小孩子还没有学会自己走路一样。

爸爸还没有劳动。只是有时候剥花生，(剥开皮以后才能种)一连剥了好几天。

一九七〇年四月三十日

五一节我们爱吃肉，在这里
吃肉和在北京西一样，还是到体
育馆对面肉店里去买，得自杀
猪。爸腿不好，可手还有力气，
把一头大里猪给杀死了。

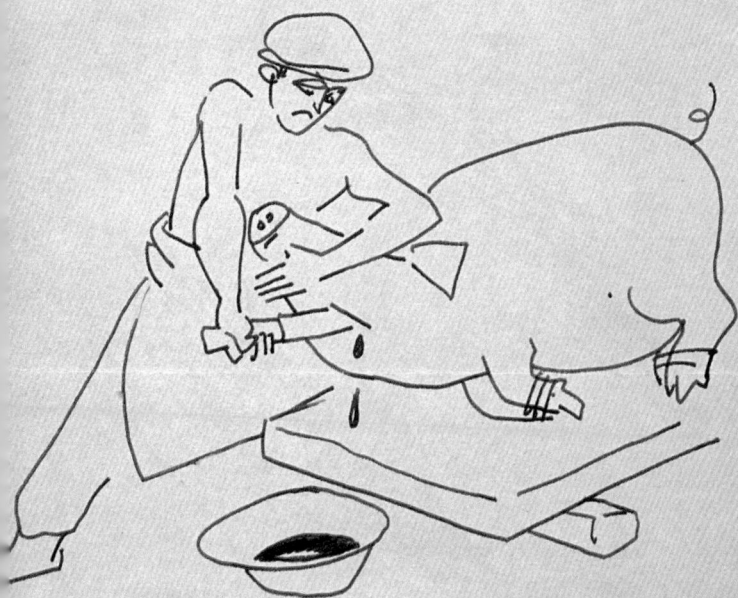

D
970.4

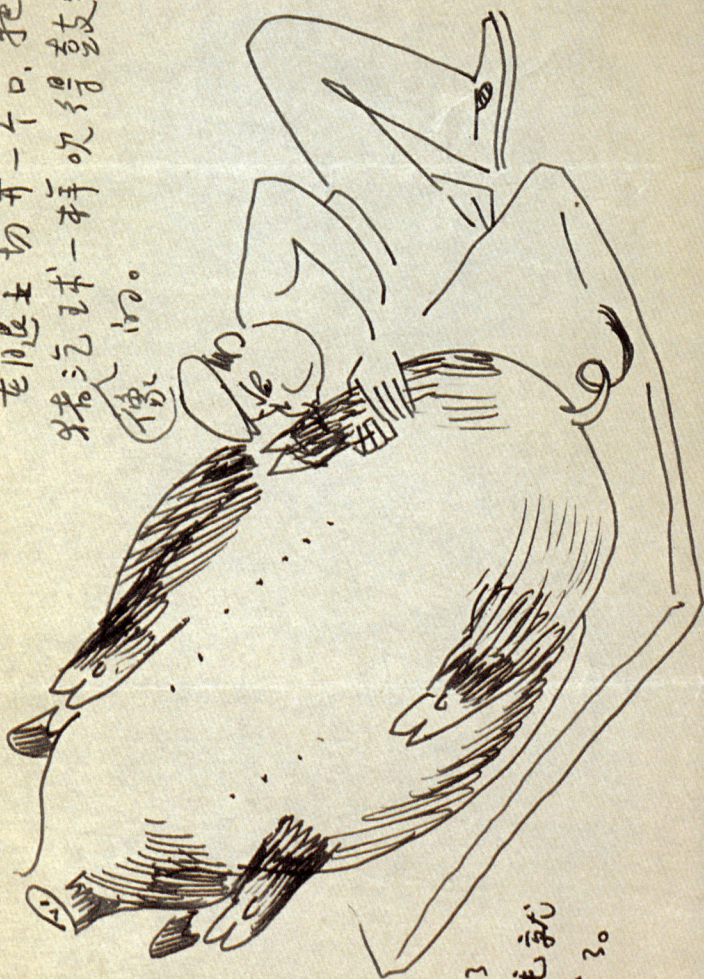

起椅拿取让尼之姿

也倾起如开一口。在
好运起坏一样吸得着狠
下去。

吃警起了
而扒起就
每按名。

　然后把死猪.放在开水锅
里泡.泡一会就用刀把毛刮下来.
你看用刀刮过的地方就变成白
的了。
　最后把骨头挖出来.就成了
一大块猪肉.像肉店里卖的
一模一样了。

　　　　　　　　爸爸 30/4
　　　　　　　　　1970

1970.4.30

亲爱的小艾：

爸爸特别特别地想你！

爸爸的腿已经好了，但是还有一点痛，所以走起路来特别慢，好像小孩子还没有学会走路一样。

爸爸还没有劳动，只是有的时候剥花生（剥开皮以后才能种），一连剥了好几天。

五一节我们要吃肉。在这里吃肉和北京不一样，不是到体育馆对面肉店里去买，得自己杀猪。爸爸腿不好，可手还有力气，把一头大黑猪给杀死了。

把猪杀死之后，还要在腿上切开一个口，把猪像汽（气）球一样吹得鼓鼓的。吹鼓了再拔毛就好拔了。

然后把死猪放在开水锅里泡，泡一会，就用刀把毛刮下来。你看用刀刮过的地方变成白的了。

最后把骨头挖出来，就成了一大块猪肉，像（和）肉店里卖的一模一样了。

爸爸

4月30日，1970年

亲爱的小艾：

爸爸特别特别想你，可你为什么也不给爸爸写信呢？

爸爸已经给你写了两封信了，你都收到了吗？

你是不会写信吧？上次爸爸给你寄了一个信封你就用它给爸爸寄信吧！

小艾，你不给爸爸写信，爸爸一样爱你！你知道吗？

现在爸爸给你讲一个故事吧！

树上有一个鸟窝, 一个
小孩把鸟窝给捅下来了,

后来这个
小孩,把
四只小
鸟和一个
巢都送给
了爸爸。

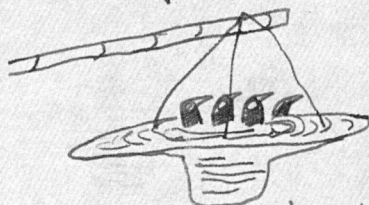

爸爸把小鸟和巢.放在
一顶草帽里挂起来。

他们一听见有人
来,就张着大咀
乱叫 想吃东西。

爸爸每天喂他们三次.
有时馒头.有时饭。

前两天有鸟的爸爸妈妈（他们的尾巴像剪刀）老到我们这儿来要他们的孩子，后来看见他们的孩子吃得挺好，也就不再来了。

现在他们和爸爸熟了，爸爸一吹口哨，他们就在草帽里乱叫，就好像他们听不懂我的口哨是什么意思。

听懂了之后，就和爸说起话来了，可惜爸听不懂他们的话，也不知道他们在说些什么！

138

大鸟喂
他们吃饭
是把吃的东
西用尖咀叼着一直塞到他们的嘴
子里去。爸爸喂的时候也是这样。

爸爸挺喜欢这几只小鸟,每天喂
好几遍。也许是因为喂得太多了,一天
早晨起来,只剩下两只,别外的两只却
死了。

又过了一天,就
只剩下一只了。

如果这一只不死,那爸爸以
后还会给你讲他的
故事。

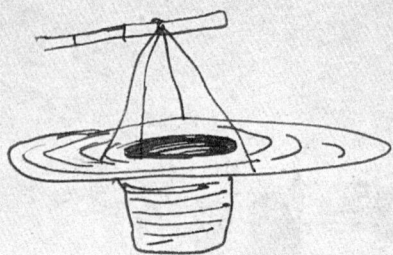

今天,爸爸
干完了活回
来,进门一看,
马剩下一丁了
空鸟帽,小鸟一
个也没有了.他们
都死了.爸爸很难
过!你也难过吗?

爸爸也不能再给十艾
了讲小鸟的故事了!

《四支小鸟》

1970.7

亲爱的小艾：

爸爸特别特别想你！可你怎么老也不给爸爸写信呢？

爸爸已经给你写了两封信了，你都收到了吗？

你是不会寄信吧？上次爸爸给你寄了一个信封，你就用它给爸爸寄信吧！

小艾，你不给爸爸写信，爸爸一样爱你！你知道吗？

现在爸爸给你讲一个故事吧！

《四支（只）小鸟》

树上有一个鸟窝，一个小孩把鸟窝给捅下来了。后来这个小孩把四只小鸟和一个窝都送给了爸爸。爸爸把小鸟和窝放在一顶草帽里挂起来。他（它）们一听见有人来了，就张着大嘴乱叫，想吃东西。

爸爸每天喂他（它）们三次，有时馒头，有时饭。

前两天小鸟的爸爸、妈妈［他（它）们的尾巴像剪刀］老到我们这儿来要他（它）们的孩子，后来看见他（它）们的孩子吃得挺好，也就不再来了。现在他（它）们和爸爸熟了，爸爸一吹口哨，他（它）们就在草帽里乱叫，就好像他（它）们听得懂我的口哨是什么意思，

141

听懂了之后，就和爸说起话来了。

可惜爸听不懂他（它）们的话，也不知道他（它）们在说些什么！

大鸟喂他（它）们吃饭是把吃的东西用尖嘴叼着一直塞到他（它）们的嗓子里去。爸爸喂的时候也是这样。

爸爸挺喜欢这几只小鸟，每天喂好几遍。也许是因为喂得太多了，一天早晨起来，只剩下两只，另外的两只都死了。又过了一天，就只剩下一只了。

如果这一只不死，那爸爸以后还会给你讲他（它）的故事。

DW

1970 年

今天，爸爸干完了活回来，进门一看，只剩下一顶空草帽，小鸟一个也没有了。他（它）们都死了，爸爸很难过！你也难过吗？

爸爸也不能再给小艾讲小鸟的故事了！

亲爱的小艾，今天爸爸收到了你的两张信，爸爸很高兴！

爸爸的脚已经好了！你不是希望爸爸的脚快好吗？

你不写信来爸爸一点都不生气，爸爸永远都不会生你的气！永远都不会！永远都不会！永远都不会！

爸爸特别特别特别想你！

爸爸特别特别特别想你！

爸爸想让你来：

你的信爸爸看了好几遍,
好几遍,好几遍! 你的信
就放在爸爸枕头旁边!

爸爸特别特别特别想你,
爸爸真想马上飞到你的身边去!

可惜爸爸没有翅
膀! 可惜没有! 可惜
没有!

爸爸
12/7
1970

144

亲爱的小艾：

今天爸爸收到了你的两张信，爸爸很高兴！

爸爸的脚已经好了！你不是希望爸爸的脚快好吗？

你不写信来爸爸一点都不生气，爸爸永远都不会生你的气！永远都不会！永远都不会！永远都不会！

爸爸特别特别特别想你！

爸爸特别特别特别想你！

爸爸想让你来！

你的信爸爸看了好几遍，好几遍，好几遍！你的信就放在爸爸枕头旁边！

爸爸特别特别特别想你，爸爸真想马上飞到你的身边去！

可惜爸爸没有翅膀！可惜没有！可惜没有！

爸爸

7 月 12 日，1970 年

小艾，我最亲爱的：

爸爸特别特别特别
想你！

爸爸做梦回到家里，我
们又在一块演节目。小艾
正在表演"无限风光在险
峰"……

Dur1970

后来+艾又跳午了。

小艾唱："夺过
鞭子,夺过鞭
子……"

"揍敌人！"
后来,爸々
正要跑去抱
小艾的时候,
爸々醒了！

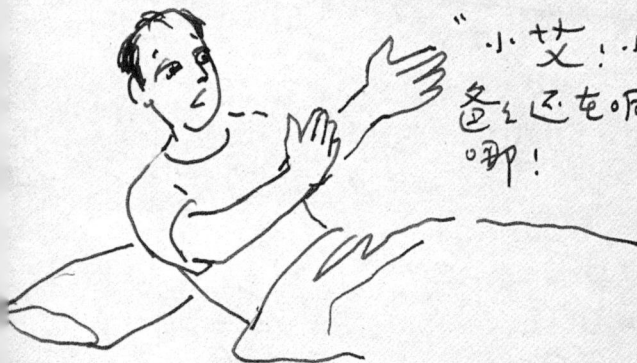

"小艾！小艾！
爸々还在喊
哪！

147

小艾，我最亲爱的：

爸爸特别特别特别想你！

爸爸做梦回到家里，我们又在一块演节目，小艾正在表演"无限风光在险峰"……

后来小艾又跳午（舞）了。

小艾唱："夺过鞭子，夺过鞭子……""揍敌人！"

后来，爸爸正要跑去抱小艾的时候，爸爸醒了！

"小艾！小艾！"爸爸还在喊哪！

DW

1970 年

亲爱的小艾：

　　爸爸特别特别地想你！
你知道吗？

　　今天，天上有个大月亮，亮极
了！爸爸和小钱叔叔又去捉田
鸡了。（田鸡就是青蛙）

看见那个大月
亮,爸e想起你
小时候.爸e抱
着你在阳台上看月亮.爸e向你
自天月亮上哪儿去了.你说.月亮
回家去找他妈e吃饭去了。

你还记得吗?

爸e割麦子割了好多天.有时
候要跑到很远的地方去割.天不
亮就出发.回到家.天就黑了。

1970.7.29

亲爱的小艾：

爸爸特别特别地想你！你知道吗？

今天，天上有个大月亮，亮极了！爸爸和小钱叔叔又去捉田鸡了（田鸡就是青蛙）。

看见那个大月亮，爸爸想起你小时候，爸爸抱着你在阳台上看月亮，爸爸问你白天月亮上哪儿去了，你说，月亮回家去找他（它）妈妈吃饭去了。

你还记得吗？

爸爸割麦子割了好多天，有时候要跑到很远的地方去割，天不亮就出发，回到家，天就黑了。

割麦子特别累，你看爸爸背上都是汗，湿透了。

可是我们吃的很好，常吃油饼、肉。

上次爸爸告诉你的。爸爸捶的很玩，麦子长得很高了。再过些日子就该发穗了。

小艾，你老没给爸爸写信了，你还知道怎么写信吧？爸爸给你寄一个信封去，你写了信装在里面，把信封粘好，放在邮筒里就行了，信封上都写好了，邮票也贴好了，你说好吗？

上封信收到了吗？快给爸爸写信来吧！爸爸都特别特别想你了！

你的爸爸
29/7
1970

◄ 爸爸和小艾 ►

割麦子特别累，你看爸爸背上都是汗，湿透了。可是我们吃的（得）很好，常常吃油饼、肉。

　　上次爸爸告诉你的，爸爸插的秧现在长得很高了，再过些日子就该长穗了。

　　小艾你老没给爸爸写信了，你不知道怎么寄信吧？爸爸给你寄一个信封去，你写了信装在里面，把信封粘好，放在邮筒里就行了。信封上都写好了，邮票也贴好了，你说好吗？

　　上封信收到了吗？快给爸爸写信来吧！爸爸都特别特别想你了！

你的爸爸

7 月 29 日，1970 年

小艾：爸爸今天收到了你的
信，爸爸特别高兴：
　　爸爸读了好几遍：
　　　小艾说爸爸一百年不给
你写信你
也不生气。

可是爸爸
以后天天
给小艾写
信，每天
写一点，画
一点，你说好吗？

爸爸在看小
艾的信

河南潢川团中央五七
干校六连
丁午 同志收
北京小艾

这是爸爸给我画的
水的车。

爸爸昨天又和小钱叔叔捉青蛙了。到天黑的时候，用手电一照青蛙就不动了。一抓就是一只。

一把就抓住了！

然后把腿剪下来

煮一大锅，特别好吃。

我们屋里又跑来一只小白
狗，名字叫小白狮，你看它
正在睡觉，不知道他正在做
什么梦，梦见了什么？

小艾你写佔来告诉爸爸
你考试得了多少分,语文多少分?
算术多少分?

　　问妈妈让不让你到爸爸
这里来?

　　问婆婆好!

爸爸
30/7
1910

爸爸和小艾

小艾：

爸爸今天收到了你的信，爸爸特别高兴！

爸爸读了好几遍！

小艾说爸爸一百年不给你写信你也不生气。可是爸爸
以后天天给小艾写信，每天写一点，画一点，你说好吗？

这是爸爸做的拉水的车。

爸爸昨天又和小钱叔叔捉青蛙了。到天黑的时候，
用手电一照青蛙就不动了，一抓就是一只。一把就抓住
了！然后把腿剪下来，煮一大锅，特别好吃。

我们屋里又跑来一只小白狗，名字叫"小白狮"。你
看它正在睡觉，不知道他（它）正在作（做）什么梦，梦
见了什么？

小艾你写信来告诉爸爸，你考试得了多少分。语文
多少分？算术多少分？

问妈妈让不让你到爸爸这里来？

问婆婆好！

爸爸

7 月 30 日，1970 年

爸爸现在每天都游泳.

游得越来
越好了. 有一次和
好多人一块儿游了二千五百米 比从
26 楼到报社还远!(爸爸去年还
游过三千米) 游完了一点都不累
爸爸的身体棒极了!

过几天. 说不定爸爸还要游
五千米、一万米呢!

小艾, 你在北京游泳了吗?
游泳得和几个人一起去. 让会游的
人教你游.

DW
1970

162   一九七〇年八月十三日

说到游泳，爸爸又想起小艾小时候，在游泳池，一看见爸爸跳进水里就大哭起来了！

那时小艾一定以为爸爸跳进水里就没有了，上不来，死了！可是 亲爱的小艾！爸爸是不会死的，爸爸还要活一百年，老和小艾在一起玩！

你的爸爸 23/8
1970

163

1970.8.13

　　爸爸现在每天都游泳，游得越来越好了。有一次和好多人一块儿游了二千五百米，比从26楼到报社还远！（爸爸去年还游过三千米）游完了一点都不累，爸爸的身体棒极了！

　　过几天，说不定爸爸还要游五千米、一万米呢！

　　小艾，你在北京游泳了吗？游泳得和几个人一起去，让会游的人教你游。

　　说到游泳，爸爸又想起小艾小时候，在游泳池，一看见爸爸跳进水里就大哭起来了！

　　那时小艾一定以为爸爸跳进水里就没有了，上不来了，死了！可是亲爱的小艾！爸爸是不会死的，爸爸还要活一百年，老和小艾在一起玩！

你的爸爸
8月13日，1970年

小艾亲爱的：

爸爸特别特别地想你！

上次爸爸给你写的一封信，是有人带到北京去的，你收到了吗？

黄湖地热了。

爸爸根本不穿衣服，背上披着一条湿的毛巾，汗老是流。

爸爸都长痱子了！

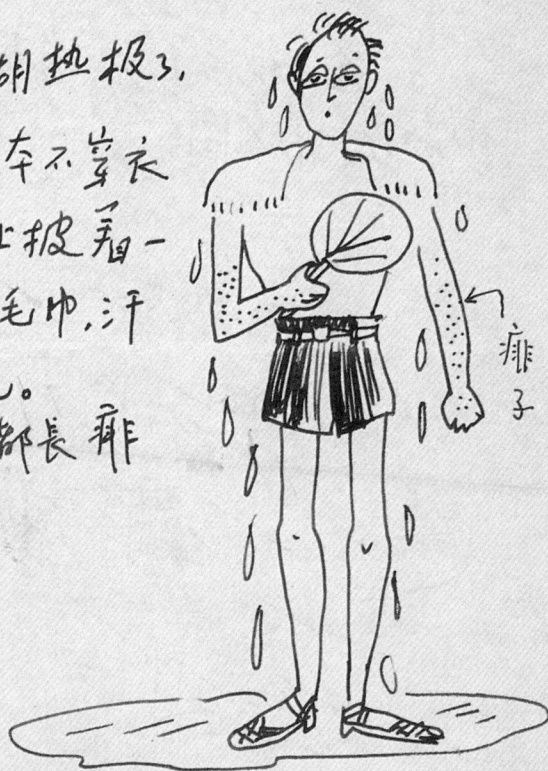

痱子

休息的时候，爸爸老泡在河里，河水也是热的，可是就不会出汗了。

爸爸现在在给猪盖房子，猪住的房子叫猪圈。

1970.8

小艾亲爱的：

爸爸特别特别地想你！

上次爸爸给你写的一封信，是有人带到北京去的，你收到了吗？

黄湖热极了，爸爸根本不穿衣服，背上披着一条湿的毛巾，汗老是流。

爸爸都长痱子了！

休息的时候，爸爸老泡在河里，河水也是热的，可是就不会出汗了。

爸爸现在在给猪盖房子，猪住的房子叫猪圈。

今天爸爸们干完活，有人叫爸爸去收玉米。
爸爸就去了。

没有多一会儿
功夫，就收了
一大筐玉米。
小艾：你吃过
玉米吗？玉米可
好吃了！

收完玉米爸2就去打饭3。刚
端起饭和菜，大米又送来3。爸2
放下饭石碗就去揹大米3。爸2揹
一百七十多斤的大米一点也不累。

揹完3大米口袋
爸2才吃饭，干
3活儿以后吃饭，
饭就特别好
吃！

晚饭时爸2吃
3好几个老玉米，
又香又甜，可惜
石能给十笑
吃！

将来小艾到黄湖来和爸么住在一起.咱们一块种玉米,一块收玉米.就可以一块吃又香又甜的玉米了.你愿意吗?

有一天,爸么到食堂去干活儿了.

切菜

洗西红柿

打鸡蛋

小艾：食堂里的两只小猫正看着鸡蛋.他们一定是想偷鸡蛋吃。

鸡蛋炒饭.炒饭在大锅里用一把铁锹炒。

今天爸爸刚干完活，有人叫爸爸去收玉米，爸爸就去了。

没有多一会儿功（工）夫，就收了一大筐玉米。

小艾，你吃过玉米吗？玉米可好吃了！

收完玉米爸爸就去打饭了，刚端起饭和菜，大米又运来了，爸爸放下饭碗就去背大米了。爸爸背一百七十多斤的大米，一点也不累。

背完了大米口袋，爸爸才吃饭。干了活儿以后吃饭，饭就特别好吃！

晚饭时爸爸吃了好几个老玉米，又香又甜，可惜不能给小艾吃！

将来小艾到黄湖来和爸爸住在一起，咱们一块种玉米，一块收玉米，就可以一块吃又香又甜的玉米了。你愿意吗？

有一天，爸爸到食堂去干活儿了。

小艾，食堂里的两只小猫正看着鸡蛋，他（它）们一定是想偷鸡蛋吃。

鸡蛋炒饭，炒饭在大锅里，用一把铁锹炒。

爸爸给小艾的信

DW
1970

亲爱的幼艾：

爸爸给你一小筒花生。

这是爸爸在牧帐里泰的花生

你和妈妈婆婆一块
吃吧！
太少了，可一个人就给
这么多，爸爸连一粒也没吃
呢！
快给爸爸写信来。

爸爸

爸爸给你写的
信都收好，不要
给别人看。

3/8

1970

175

1970.8.30

亲爱的小艾:

爸爸给你一小筒花生,你和妈妈、婆婆一块吃吧!
太少了,可一个人就给这么多,爸爸连一粒也没吃呢!
快给爸爸写信来。

爸爸

8 月 30 日,1970 年

爸爸给你写的信都收好,不要给别人看。

爸爸给小艾的信(见173页)
这是爸爸在蚊帐里剥花生(见174页)

小艾, 我最亲爱的女儿:

　　爸爸特别特别地想你: 真的. 爸爸特别特别地想你!

　　明天, 就是国庆节了. 这是个伟大的节日. 是我们大家都特别高兴的一天!

　　你记得吗? 每年的这一天. 咱们全家都在阳台上看焰火. 多好看哪: 还有好多降落伞从我们阳台前面飘下去. 可我们一个也没捡到过.

今年，爸爸不能和小艾一块看烟火了！你写信告诉爸爸烟火是什么样的？好看吗？你们学校游行吗？

爸爸要告诉小艾一件好玩的事情：爸爸要在明天的庆祝会上表演节目。小艾一定猜不出爸爸要演什么节目。

爸爸要演《智取威虎山》，要演杨子荣。演的是第八场《计送情报》爸爸要唱很长很长的一段，还要表演，还要穿上杨子荣穿的衣服。爸爸这几天，天天

练习。可是老演不好。因为爸2从来
没有表演过。这是第一次：

爸2已经练习了几十遍了：

明天就要演了，可惜小艾看不见，
等明天演完了，爸2画几张画寄给
小艾，小艾就知道爸2是怎么演
的了，对不对！

3%

小艾，你看爸2已经
化好粧了，你不认识
爸2了吧！哈2！

爸2穿的虎皮背心
是用一个破画儿袋
染了颜色，又画上
一道一道黑。晚上看和真的老
虎皮一样。

马上要上场了，先坐下休息一会，这时爸爸还想起了小艾，还想起咱们在家里演节目……

锣鼓响了，爸爸赶快跑到帘中间，把大衣撑起来，大声地唱起来了，爸爸一点都不害怕！真的！

爸红唱:

"毛泽东思想永放光芒!"

爸爸还要打
拳，你看爸爸还
有一只手槍，这是
爸自己用木头
做的。

爸爸指着座山雕
说："这个笨蛋！"

欢渡国庆晚会

　　小艾．你看戏台下面有多少人哪！可惜没有小艾！

　　爸爸穿了一件皮大衣．唱得满头大汗．有人说很像杨子荣。

　　爸爸的第一次演出．小艾没有看见！爸爸以后也许不会再演出了，可是没关系，将来爸爸可以给小艾一个人表演！你说好吗？

爸爸绘艾一个人表演

爸爸许

4/10

1970

184

小艾，我最亲爱的女儿：

爸爸特别特别地想你！真的，爸爸特别特别地想你！

明天就是国庆节了，这是个伟大的节日，是我们大家都特别高兴的一天！

你记得吗？每年的这一天，咱们全家都在阳台上看焰火，多好看哪！还有好多降落伞从我们阳台前面落下去，可我们一个也没捡到过！

今年，爸爸不能和小艾一块看焰火了！你写信告诉爸爸焰火是什么样的？好看吗？你们学校游行吗？

爸爸要告诉小艾一件好玩的事情：爸爸要在明天的庆祝会上表演节目，小艾一定猜不出爸爸要演什么节目。

爸爸要演《智取威虎山》，要演杨子荣。演的是第八场《计送情报》，爸爸要唱很长很长的一段，还要表演，还要穿上杨子荣穿的衣服。爸爸这几天天天练习，可是老演不好，因为爸爸从来没有表演过，这是第一次！

爸爸已经练习了几十遍了！

明天就要演了，可惜小艾看不见。等明天演完了，爸爸画几张画寄给小艾，小艾就知道爸爸是怎么演的了，对不对？

9 月 30 日

小艾，你看爸爸已经化好妆了，你不认识爸爸了吧！哈哈！爸爸穿的虎皮背心是用一个破面口袋染了颜色，又画上一道一道黑，晚上看和真的老虎皮一样。

马上要上台了，先坐下休息一会。这时，爸爸还想起了小艾，还想起咱们在家里演节目……

锣鼓响了，爸爸很快跑到台中间，把大衣撩起来，大声地唱起来了。爸爸一点都不害怕！真的！

爸爸唱："毛泽东思想永放光芒！"

爸爸还要打拳，你看爸爸还有一只（支）手枪，这是爸爸自己用木头做的。

爸爸指着座山雕说："这个笨蛋！"

小艾，你看戏台下面有多少人哪！可惜没有小艾！

爸爸穿了一件皮大衣，唱得满头大汗，有人说很像杨子荣。

爸爸的第一次演出，小艾没有看见！爸爸以后也许不会再演出了，可是没关系，将来爸爸可以给小艾一个人表演！你说好吗？

爸爸丁午

10 月 4 日，1970 年

小艾，我亲爱的女儿：

爸爸特别特别地想你！真的特别特别地想你！

爸爸上次给你写的信收到了吗？爸爸在信上告诉你爸爸逮扬子鳄的故事，你还记得吗？

北京天凉快了吗？我们这里也凉了一些，可爸爸今天还游泳了！你说棒不棒？

一九七〇年十月十日

我们把稻子（大米）都割完了。
现在要运走。怎么运呢？先用绳捆
一个大捆，先后用一个两头尖的扁
担，把一捆
插上，

再捆一个大捆，
就这样把这一
捆也插上。

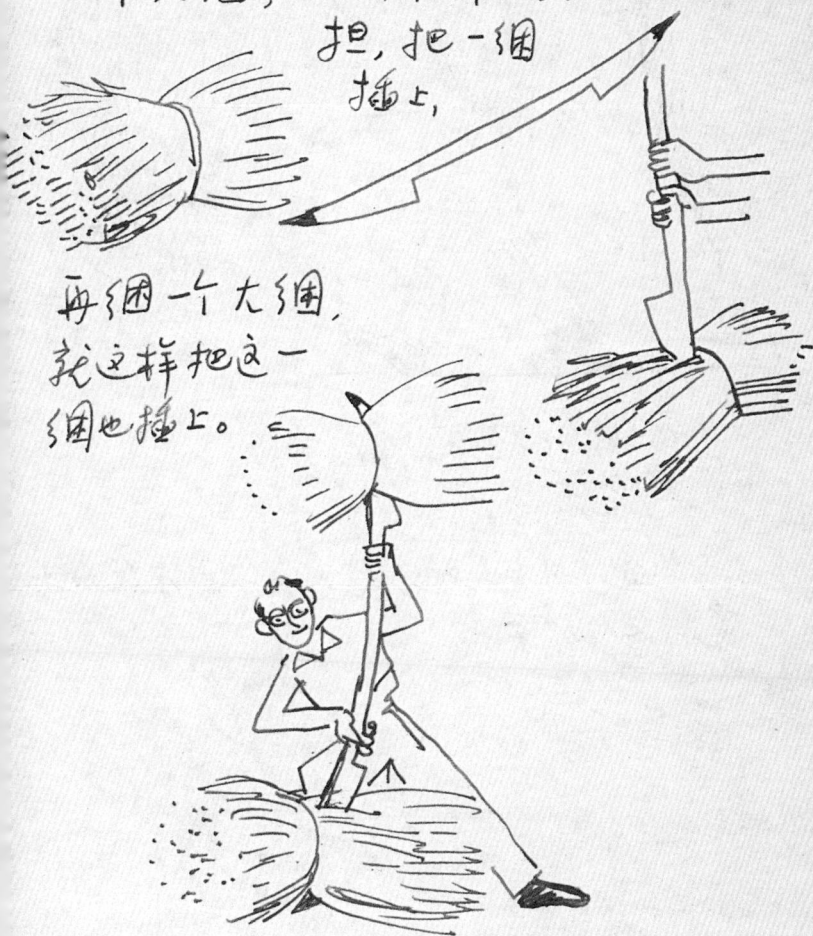

这就是带壳
的大米

　　两捆都捆好，就可以
挑起来走了。
　　爸爸挑了好多天，到今天才全挑
完了。爸爸明天又
　　要当木匠了。

艾爸爸上次写的信你
收到了吗?

你告诉婆婆请他替我
买两条肥皂、两袋洗粉
交金菊阿姨带给我。

快给我回信。

爸
10日

小艾，我亲爱的女儿：

爸爸特别特别地想你！真的，特别特别地想你！

爸爸上次给你写的信收到了吗？爸爸在信上告诉你爸爸演杨子荣的故事，你还记得吗？

北京天凉快了吗？我们这里也凉了一些，可爸爸今天还游泳了！你说棒不棒？

我们把稻子（大米）都割完了，现在要运走，怎么运呢？先用绳捆一个大捆，然后用一个两头尖的扁担，把一捆插上，再捆一个大捆，就这样把这一捆也插上。

两捆都插好，就可以挑起来走了。

爸爸挑了好多天，到今天才全挑完了。爸爸明天又要当木匠了。

小艾，爸爸上次写的信你收到了吗？你告诉婆婆请他（她）替我买两条肥皂、两袋洗（衣）粉交金菊阿姨带给我。

快给我回信。

爸爸

10 日

小艾，爸爸最亲爱的女儿：

爸爸特别特别地想你！
你知道吗？

爸爸收到你自己写自己寄来的作高兴报了！

你说爸爸老不给你写信，可是你知道，爸爸现在忙极了，每天天不亮就上工了，晚上天黑了才回家吃饭，吃了饭就开会，开到很晚，马上就得睡觉了，要不然就起不来床了。

我们是十天就假一天。可放假的那一天也老有事情要做，连说服的时间都没有，又忙又累，可是爸爸是不怕的！

现在爸告诉你 爸々在忙什么:
我们修了两条小河和一条长极
了的大路

挖河的时候 得把挖出来
的泥 邦得又远 又高.每天这
样邦, 真累极了! 可是也真好
玩!

小艾，我最亲爱的女儿：

爸爸特别特别地想你！你知道吗？

爸爸收到你自己写、自己寄来的信高兴极了！

你说爸爸老不给你写信，可是你知道，爸爸现在忙极了，每天天不亮就上工了，晚上天黑了才回家吃饭，吃了饭就开会，开到很晚，马上就得睡觉了，要不然就起不来床了。

我们是十天放假一天，可放假的那一天也总有事情要做，连洗（衣）服的时间都没有，又忙又累，可是爸爸是不怕的！

现在爸爸告诉你，爸爸在忙什么：

我们修了两条小河和一条长极了的大路。

挖河的时候，得把挖出来的泥扔得又远又高。每天这样扔，真累极了！可是也真好玩！

同志们加
油干呀!

爸爸在干活的时迟给大家唱
劳动号子。爸爸给小艾唱过。小艾
还记得怎么唱吗?

中午就在工地吃饭
就像咱们在万寿山吃
饭一样。

爸爸还在吃糖色。

　　爸爸上次演了《智取威虎山》
以后，有时在路上碰见人，就听他
们小声说："这就是演杨子荣的。"有
的小朋友就叫爸爸杨子荣。你说
好玩吗？

　　爸爸真想给小艾演一次杨子
荣。小艾想看吗？

爸爸在干活的时（候）还给大家唱劳动号子。爸爸给小艾唱过，小艾还记得怎么唱吗？

中午就在工地吃饭，就像咱们在万寿山吃饭一样。

爸爸正在吃糖包。

爸爸上次演了《智取威虎山》以后，有时在路上碰见人，就听他们小声说："这就是演杨子荣的。"有的小朋友就叫爸爸杨子荣。你说好玩吗？

爸爸真想给小艾演一次杨子荣。小艾想看吗？

小艾, 我最亲爱的女儿:

爸爸特别特别地想你!

爸爸又当木匠了. 每天早晨
去干活, 直到晚上十一点多才
回家。

前面一张画，是爸爸晚上回家时，一边走，一边唱，还一边表演。

爸爸又做了好多好多窗子。

北京都快生暖气了。可是我们这里天还很暖和，跟春天一样。今天中午爸爸还要去游泳呢！

李金菊阿姨已经把肥皂和洗衣粉给爸爸了。你替爸爸谢谢婆婆吧！告诉她我别的什么都不要了。

问婆婆好！

爸爸
10/11
1970

色色不可以缓缓一样的事事
下注儿，叔说儿，文色色
色小二牛之处一处一杯。

小艾，我最亲爱的女儿：

爸爸特别特别地想你！

爸爸又当木匠了，每天早晨去干活，直到晚上十一点多才回家。

前面一张画，是爸爸晚上回家时，一边走，一边唱，还一边表演。

爸爸又做了好多好多窗子。

北京都快生暖气了，可是我们这里天还很暖和，跟春天一样。今天中午爸爸还要去游泳呢！

李金菊阿姨已经把肥皂和洗衣粉给爸爸了，你替爸爸谢谢婆婆吧！告诉她我别的什么都不要了。

问婆婆好！

爸爸

11 月 10 日，1970 年

爸爸有时候坐牛车去干活儿，就像小艾坐电车上少年之家一样。

小艾跟爸爸学 唱《智取威
虎山》
小艾想学吗?

小芝的
新棉猴。
暖和吗？

告诉爸々
爸々写的仗
你都能看
懂吗？

快给爸々写仗吧！爸々天
天都在等你的仗。

向婆々好！

爱你的 爸々丁午 20/11
1970

205

小艾跟爸爸学唱《智取威虎山》

小艾想学吗？

小艾的新棉猴。暖和吗？

告诉爸爸，爸爸写的信你都能看懂吗？

快给爸爸写信吧！爸爸天天都在等你的信。

问婆婆好！

爱你的爸爸丁午

11 月 20 日，1970 年

小艾，亲爱的：

　　爸爸特别特别地想你！
爸爸什么时候都这样想你！

　　前天才写了一封信给你，今天又在写了，你高兴吗？

　　这几天、天冷极了，我们住的房子还没有生火，爸爸只好坐在床上、盖着被子给你写信。

想着我的小艾，
就不冷了：
你信吗？

爸爸的脸盆，让猪给踩破了。因为有病的小猪是用爸爸的脸盆当饭碗。

爸爸只好买了一只新的脸盆，可是爸爸买了新脸盆也不能洗脸了，你知道为什么吗？

上次爸爸告诉你说，爸爸的右手让电锯割破了两个手指，可是右手还没有好。昨天又让锯把左手割破了，吃了止痛药片就不怎么痛了，你别害怕！

你看,爸爸两个
手都包着纱布
怎么能洗脸呢?

我想,要是在
北京,在咱们家
里就好了,小艾
就可以给爸爸洗
脸了,是吗?小艾
愿意给爸爸洗

脸吗?

小艾给爸爸洗脸

可是，小艾，你别害怕：爸爸
的两个手很快就会好的。因
为爸爸有好多事情要做，爸
爸还要做十几个月呢！

爸爸身体很好，吃饭吃得
多极了！

你想爸爸了吗？

快写信给爸爸！再给爸爸
画几张好玩的画寄来！

你的 想你的爸爸

小艾和爸爸

19/12
1980

小艾，亲爱的：

爸爸特别特别地想你！爸爸什么时候都这样想你！

前天才写了一封信给你，今天又在写了，你高兴吗？

这几天，天冷极了，我们住的房子还没有生火，爸爸只好坐在床上，盖着被子给你写信。想着我的小艾，就不冷了！你信吗？

爸爸的脸盆让猪给踩破了。因为有病的小猪是用爸爸的脸盆当饭碗，爸爸只好买一只新的脸盆。可是爸爸买了新脸盆也不能洗脸了，你知道为什么吗？

上次爸爸告诉你说，爸爸的右手让电锯割破了两个手指，可是右手还没有好，昨天又让锯把左手割破了，吃了止痛药片就不怎么痛了，你别害怕！

你看，爸爸两个手都包着纱布怎么能洗脸呢？

我想要是在北京，在咱们家里就好了，小艾就可以给爸爸洗脸了，是吗？小艾愿意给爸爸洗脸吗？

可是，小艾，你别害怕！爸爸的两个手很快就会好的，因为爸爸有好多事情要做，爸爸还要做十几个门呢！

爸爸身体很好，吃饭吃得多极了！

你想爸爸了吗?

快写信给爸爸!再给爸爸画几张好玩的画寄来!

你的想你的爸爸丁午

12 月 19 日，1970 年

卷三

给女儿小艾的信

1971.01 — 1971.12

父亲丁午

丁栋

每当下班回到家，看着儿子看到我时露出的快乐表情，我都不禁会想起那时父亲每天回家时我的快乐心情。而父亲已经离去，我已无法再与他交流这种感受。

父亲对孩子很有耐心。记得儿时，父亲在家画稿子的时候，我总是和他捣乱，让他画不下去。他从没因此生过气，还放下工作陪我玩。现在想想，他之后一定要熬夜赶工的了。

父亲很注重传统，年三十的饺子，上元节的元宵，端午的粽子，中秋的月饼，一样不能少。即使是和我们毫无关系的圣诞节他也去找只长袜子给我挂在床头，早上醒来，袜子里装了满满的礼物。他不仅仅是重视节日，到了夏天，每天都会买西瓜，从半生的西瓜一直买到快娄了的⋯⋯

父亲是个幽默诙谐的人，这不仅表现在他的作品里。在生活中他也总是带给周围的人无限的欢乐。诊断出癌症之后他也依然保持乐观，在化疗的病床上还在做鬼脸让我们给他拍照留念……

　　我想对父亲说，你对我说过的话、讲过的道理我都记得，没有说出来过的那些道理，你也以身作则地贯彻着，我都看得到。所以，请你不必担心，我会好好的。

　　虽然这本书讲述的内容属于我还未出生的年代，但我依然能感受到遥远时空中父亲的爱。我会把这份爱继续传递下去，也希望通过本书让这份爱感动更多的人。

2012 年 10 月于北京

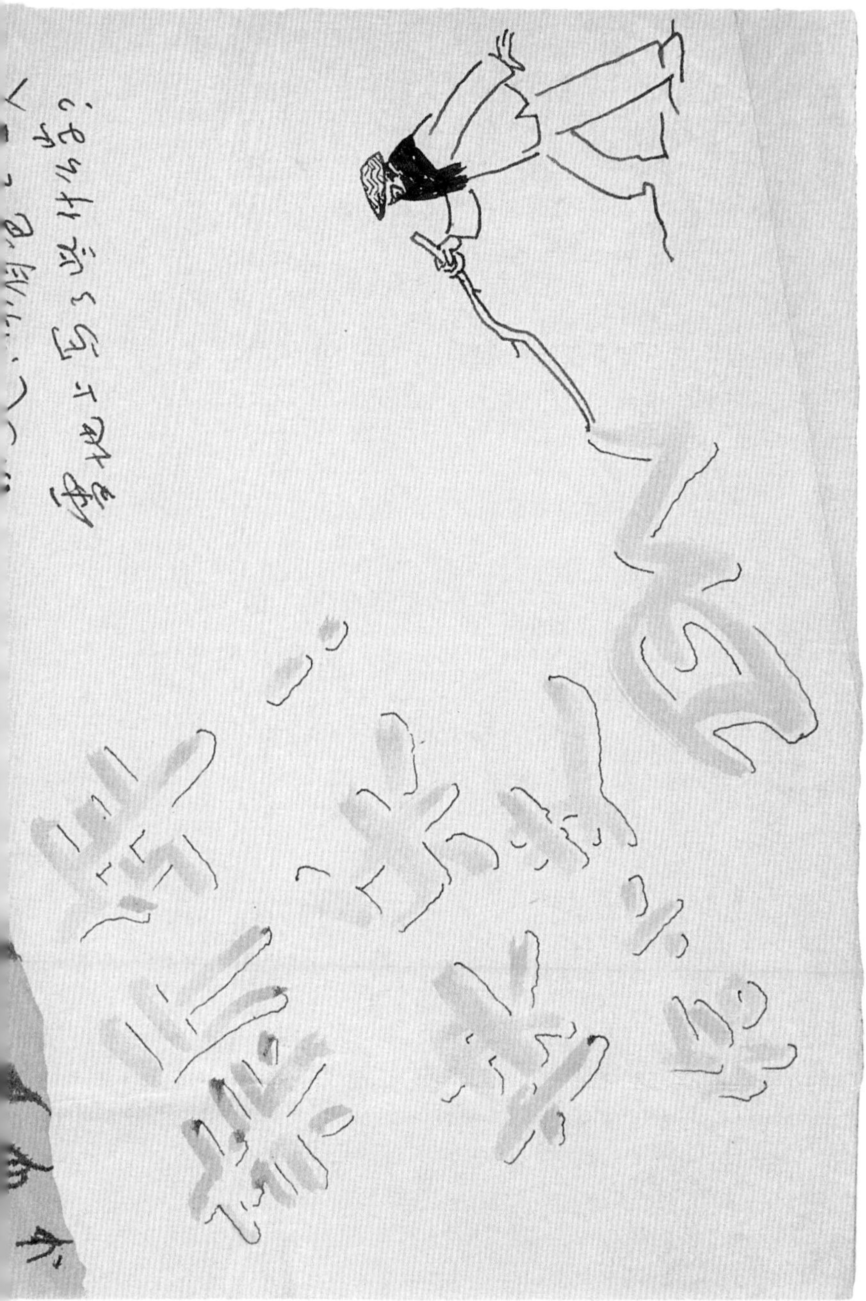

小艾，你看爸爸在大雪地上写了些什么字？

新年快乐！

给小艾

DW

小艾，我亲爱的女儿：

爸爸特别特别地想你！

昨天是除夕，今天是元旦，
爸爸想，一定会收到小艾的
信，可是，什么也没有，什么也没有！

《手指上的小艾》
今天爸爸在手指
头上看见了小艾！
你猜是怎么回事？
原来，爸爸包手的布条
是小艾小时候上幼
儿园时的床单，那上面用红线
连了一个"艾"字，爸爸正好用了有
"艾"字的布条。

《树叶飞了！》

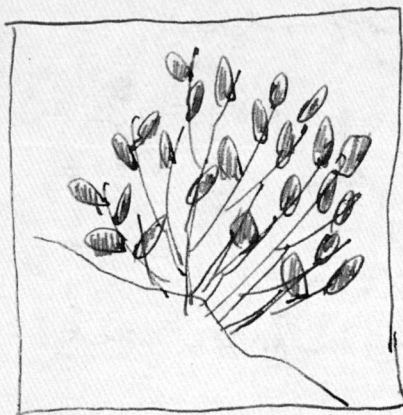

远处看见一棵树，树上有好多树叶，可是冬天树上应该没有树叶呀！这是怎么回事？

走近了一瞧，树叶都飞了。原来树上不是树叶，是一大群小鸟，人一走过来它们就都飞了！

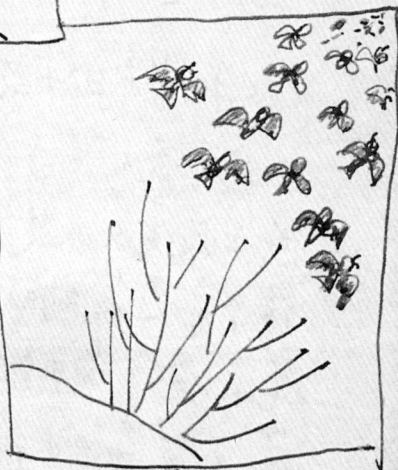

.

小艾，我亲爱的女儿：

爸爸特别特别地想你！

昨天是除夕，今天是元旦，爸爸想，一定会收到小艾的信，可是，什么也没有，什么也没有！

《手指上的小艾》

今天爸爸在手指头上看见了小艾！你猜是怎么回事？原来，爸爸包手的布条是小艾小时候上幼儿园时的床单，那上面用红线缝了一个"艾"字，爸爸正好用了有"艾"字的布条。

《树叶飞了！》

远处看见一棵树，树上有好多树叶。可是冬天树上应该没有树叶呀！这是怎么回事？

走近了一瞧，树叶都飞了。原来树上不是树叶，是一大群小鸟，人一走过来它们就都飞了！

《搬进新屋》

幸福实记毛主席
翻身不忘共产党

十二月三十一日,爸
把门做好,发
在这间卡屋,一家贫农 搬进去住
了。卡屋子有好几个大窗户,亮极
了!这个贫农 在 旧社会,生活苦极
了。他的爸爸妈妈带
着他要饭。

222

后来爸爸妈妈都饿死了。他也没地
方住，到了晚上就睡在草堆里。
现在他住到了
新房里。他说
他永远也忘
不了毛主席的
恩情！

《打乒乓球》

元旦放假，爸爸和小钱叔叔
在一起玩，我们想打乒乓球，可是
没有拍子，也没有桌子，我们就动
手做拍子。
一会功夫，
我们就做
了两个拍
子。

223

乒乓球拍子

后来我们又做了一个小篓子，就打起乒乓球来了。

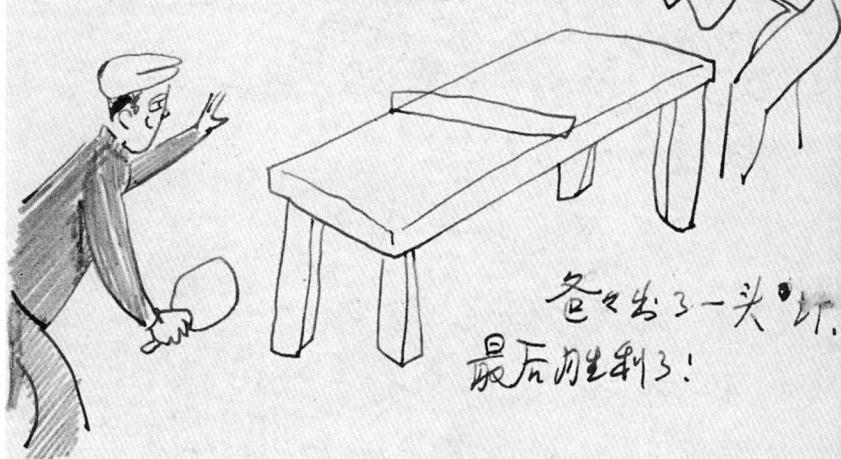

爸爸出了一头汗，最后胜利了！

《过元旦》

一清早，爸爸和妈妈爸爸阿姨一起为生产队去为贫下中农演节目，爸爸唱了《楚歌》和《智取威虎山》。

太阳出来了，我回家包饺子。包了好多好多，我在爸爸住的屋子里煮。爸爸也等着吃饺子。

这个炉子是爸爸做的。

元旦我们还可以买好多吃的东西。有点心、苹果、糖当。我们这里的糖和点心都不如北京的好。

225

今天有一个叔叔从北京回来.他说他在26楼门口看见你和俊2了,说婆2在值班.你在门口玩.他告诉你爸2特别想你,还把你的像片贴在床头.他又问你想不想爸2.你说"想"!是吗?

真的,爸2天天都在想你!爸2就快看见你了!

这次回北京是好多人一起走.大概是一月二十日。可是爸2在回北京以前还要做出十几个门才行。所以爸2也许要比别人走得晚，到底晚几天，现在还不知道，过几天爸爸再写信告诉你，反正快了，爸爸就要看到小艾了！小艾也就要看到爸爸了！你高兴吗？

爸爸和小艾

爸爸！

爱你的爸爸作 一九七一年
一月二日

《搬进新屋》

12 月 31 日，爸爸把门做好了，安在这间小屋，一家贫农搬进去住了。小屋子有好几个大窗户，亮极了！这个贫农在旧社会，生活苦极了，他的爸爸妈妈带着他要饭。后来爸爸妈妈都饿死了，他也没地方住，到了晚上就睡在草堆里。现在他住到了新房里，他说他永远也忘不了毛主席的恩情！

《打乒乓球》

元旦放假，爸爸和小钱叔叔在一起玩。我们想打乒乓球，可是没有拍子，也没有案子。我们就动手做拍子，一会功（工）夫，我们就做了两个拍子。

后来我们又做了一个小案子，就打起乒乓球来了。爸爸出了一头汗，最后胜利了！

《过元旦》

一清早，爸爸和好多叔叔阿姨一起到生产队去为贫下中农演节目，爸爸唱了《赞歌》和《智取威虎山》。

演出完了，就回家包饺子，包了好多好多，就在爸爸住的屋子里煮。

元旦我们还可以买好多吃的东西，有点心、苹果、糖。当然，我们这里的糖和点心都不如北京的好。

今天有一个叔叔从北京回来，他说他在26楼门口看见你和婆婆了，说婆婆在值班，你在门口玩。他告诉你爸爸特别想你，还把你的像（相）片贴在床头。他又问你想不想爸爸，你说："想！"是吗？

真的，爸爸天天都在想你！爸爸就快看见你了！

这次回北京是好多人一起走，大概是1月20日。可是爸爸在回北京以前还要做出十几个门来才行。所以爸爸也许要比别人走得晚。到底晚几天，现在还不知道，过几天爸爸再写信告诉你。反正快了，爸爸就要看到小艾了！小艾也就要看到爸爸了！你高兴吗？

爱你的爸爸丁午
1971年1月2日

亲爱的力力：

　　爸爸刚写了一次，就收到你的信了，很高兴！

　　爸爸已经告诉你什么时候回家了吧。

　　你问爸爸新年干什么了？爸爸也告诉你了。

　　爸爸还要给你带花生来，还有大米，这都是我们自己种的。

一九七一年一月十日

1971.1.10

亲爱的小艾：

爸爸刚刚写了信，就收到你的信了，很高兴！

爸爸已经告诉你什么时候回家了吧。

你问爸爸新年干什么了？爸爸也告诉你了。

爸爸还要给你带花生去，还有大米，这都是我们自己种的。

DW

1971 年

爸爸正在挖一个养鱼的大池塘，大极了，大极了！

DW

1971 年

有一天 一个叔叔捉
了一只小麻雀。

爸爸就用泥
把它包起来。

就成了一个小泥团。

然后把
泥团放
到火炉
子里烧。

烧熟了以后，把
泥团敲碎. 麻雀
就熟了。

爸々吃麻雀。
特别好吃。
向婆々好！
爸々特别特别地想
你！
你的邮票还寄给你。

爸々丁 10/
1971

有一天，一个叔叔捉了一只小麻雀。

爸爸就用泥把它包起来。

就成了一个小泥团。

然后把泥团放到火炉子里烧。

烧熟了以后，把泥团敲碎，麻雀就熟了。

爸爸吃麻雀。特别好吃。

问婆婆好！

爸爸特别特别地想你！

你的邮票还寄给你。

爸爸丁午

1 月 10 日，1971 年

小艾，亲爱的：

爸爸特别特别地想你！

爸爸天天都在等你的信，可你老也不给爸爸写信了！

明天有许多报社阿姨要回北京，可是爸爸还不能走，爸爸还有好多事情没有做完。

爸爸还要给鸭子住的房子做两个门。如果没有门，

一九七一年一月十九日

黄鼠狼就会把鸭子吃了！鸭
子肥了春还要给我们下蛋吃哪！
爸爸还要盖房子，还要……
好好亨看吧，爸爸会回来的！
今天天很冷刮
大风，可是爸爸
戴上皮帽子和
围巾就一点也
不冷了，爸爸到
很远的地方
去啦了。

DW071

小艾，亲爱的：

爸爸特别特别地想你！

爸爸天天都在等你的信，可你老也不给爸爸写信了！

明天有许多叔叔阿姨要回北京了，可是爸爸还不能走，爸爸还有好多事情没有做完。

爸爸还要给鸭子住的房子做两个门。如果没有门，黄鼠狼就会把鸭子吃了！鸭子到了春（天）还要给我们下蛋吃哪！

爸爸还要盖房子，还要……好好等着吧，爸爸会回来的！

今天天很冷，有大风，可是爸爸戴上皮帽子和围巾就一点也不冷了。爸爸到很远的地方去玩了。

DW

1971 年

我的小艾，你想爸爸了吗？
别人的爸爸都回家了，可你的爸爸还没回家：
不管爸爸什么时候回家爸爸都是最爱你的！
还记得那年爸爸走的时候，小艾躺在地下哭吗？

239

爸爸在干活的时候想起了小艾，想起去年和小艾

在北海滑冰，小艾穿着爸爸的大棉袄……

……好玩吗？

我的小艾，你想爸爸了吗？

别人的爸爸都回家了，可你的爸爸还没回家！

不管爸爸什么时候回家，爸爸都是最最爱你的！

还记得那年爸爸走的时候，小艾躺在地下哭吗？

爸爸丁午

1 月 19 日，1971 年

爸爸在干活的时候想起了小艾，想起去年和小艾在北海滑冰，小艾穿着爸爸的大棉袄……

好玩吗？

亲爱的小艾：

爸爸特别特别地想你！

爸爸又在画画给小艾写信了！

晚上爸爸从衣袋里拿出了小艾的信。

爸爸在看小艾的信。

爸爸在想小艾，也是每一分钟每一秒钟！

小艾到车站去送爸爸。
火车开了，火车越走越远了。

车上人很多，到了晚上爸爸一个人在一条长椅子上睡觉，一睡睡到第二天早晨。

太了火车还要坐半天的大卡车。

这样爸爸又回到了黄湖。

小艾，你还要记了爸爸跟你说过的话，你还记得吗？

在了校里要好好学习毛主席著作，争取今年做一个红小战士！好好学习，语文标术珠算都要学好，不但得100分还要真的学会，会写讲用稿，会写信，会打算盘。

244

亲爱的小艾：

爸爸特别特别地想你！

爸爸又在黄湖给小艾写信了！

晚上爸爸从衣袋里拿出了小艾的信。爸爸在看小艾的信，爸爸在想小艾，也是每一分钟，每一秒钟！

小艾到车站去送爸爸。

火车开了，火车越走越远了。

车上人很少，到了晚上爸爸一个人在一条长椅子上睡觉，一睡睡到第二天早晨。

下了火车，还要坐半天的大卡车。

这样，爸爸又回到了黄湖。

小艾，你不要忘了爸爸跟你说过的话，你还记得吗？

在学校里要好好学习毛主席著作，争取今年做一个五好战士！好好学习，语文、算术、珠算都要学好，不

回到家里要做好作业，然后还要劳动，洗自己衣服，还要帮婆婆做事，不能老玩。

要听婆婆的话，不许做坏事！

× × ×

爸爸又开始劳动了，还是做木匠。爸爸很喜欢当木匠。

晚上睡觉前，爸爸把衣袋里十支放的糖吃了，真好吃！

快给爸爸写信！

妈妈怎练去了吗？

爸爸
14/2
1971

但得100分，还要真的学会，会写讲用稿，会写信，会算账。

回到家里要做好作业，然后还要劳动，洗自己的衣服，还要帮婆婆做事，不能老玩。

要听婆婆的话，不许做坏事！

*　　　*　　　*

爸爸又开始劳动了，还是做木匠。爸爸很喜欢当木匠。

晚上睡觉前，爸爸把衣袋里小艾放的糖吃了。真好吃！

快给爸爸写信！

妈妈拉练去了吗？

爸爸丁午

2月14日，1971年

亲爱~小艾：

爸～特别特别地想你！

今天～星期日，天又下雨，可我们还干活儿！

干完活儿，衣服都湿了，可是收到了小艾的信！爸～很高兴！

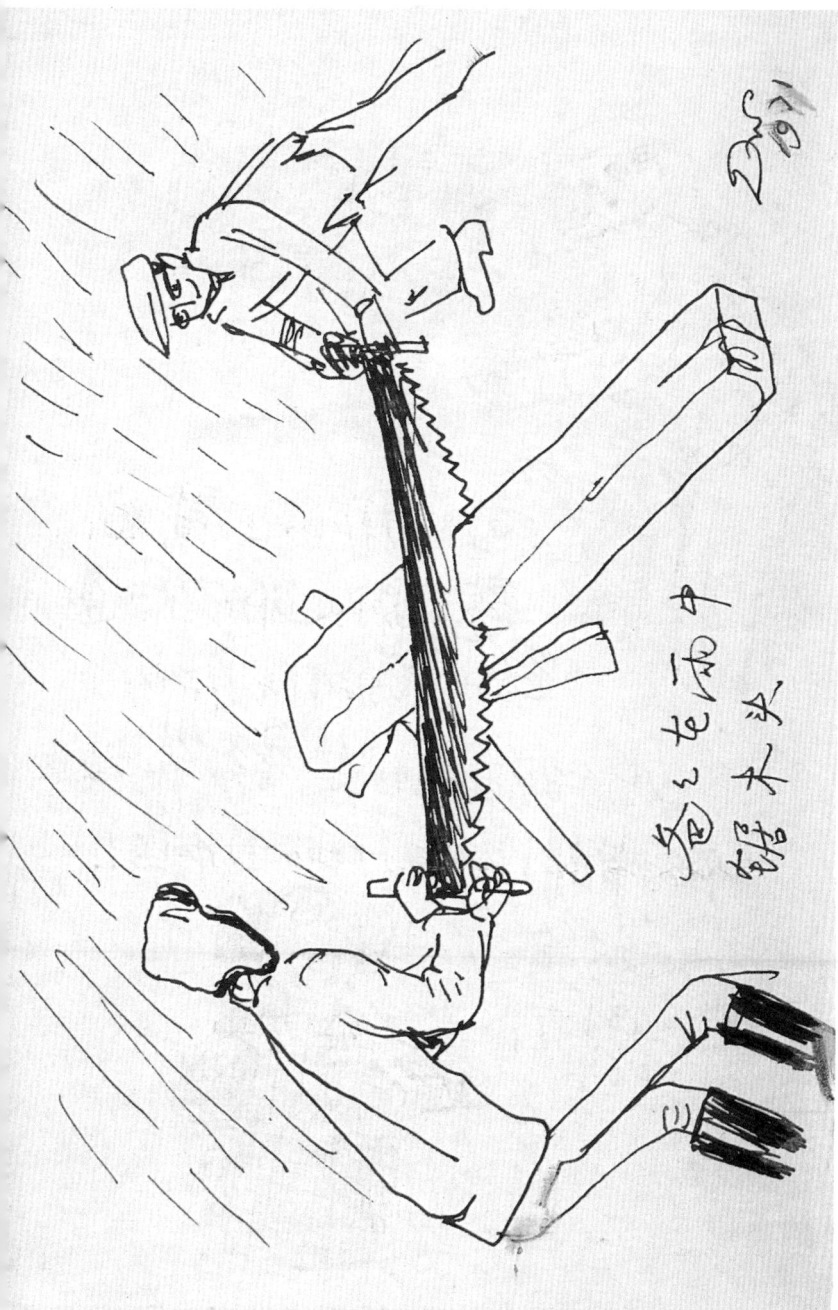

雪の也雨中
鋸木头

爸々用小电筒照亮。别人都不知道爸々拿着什么东西。

妈々病了，小艾要々帮妈々做事情，让妈々好々休息！

小艾给妈々倒开水吃药。

亲爱的小艾：

爸爸特别特别地想你！

今天是星期日，天又下雨，可我们还干活儿！

干完活儿，衣服都湿了，可是收到了小艾的信！爸爸很高兴！

爸爸在雨中锯木头。

DW

1971

爸爸用小电筒照亮。别人都不知道爸爸拿着什么东西。

妈妈病了，小艾要多帮妈妈做事情，让妈妈好好休息！

小艾给妈妈倒开水吃药。

给爸爸做几件事:

① 爸爸画的一本画放在衣柜上面,你把它收到皮箱里。

② 爸爸给你做的小木头鸟在放爸爸东西的抽屉里,你把它放在你的铁盒里,别弄坏,别丢了。

③ 爸爸刮胡子,刷肥皂的刷子, 等下次有人来时给带来。

祝

婆婆好!

20/2

给爸爸做几件事：

① 爸爸画的一本画放在衣柜上面，你把它收到皮箱里。

② 爸爸给你做的小木头鸟在放爸爸东西的抽屉里，你把它放在你的铁盒里，别弄坏，别丢了。

③ 爸爸刮胡子、刷肥皂的刷子，等下次有人来时给带来。

问婆婆好！

爸爸

2 月 20 日

亲爱的小艾：

爸爸特别特别地想
你！
现在给你讲一个故事
有一天爸爸的眼睛
只剩一只了。

可是到了晚
上，又变成
了两只。
这是怎么回
事呢？

爸爸正在劳动. 大洪
在搬木头. 大极了的
大木头。

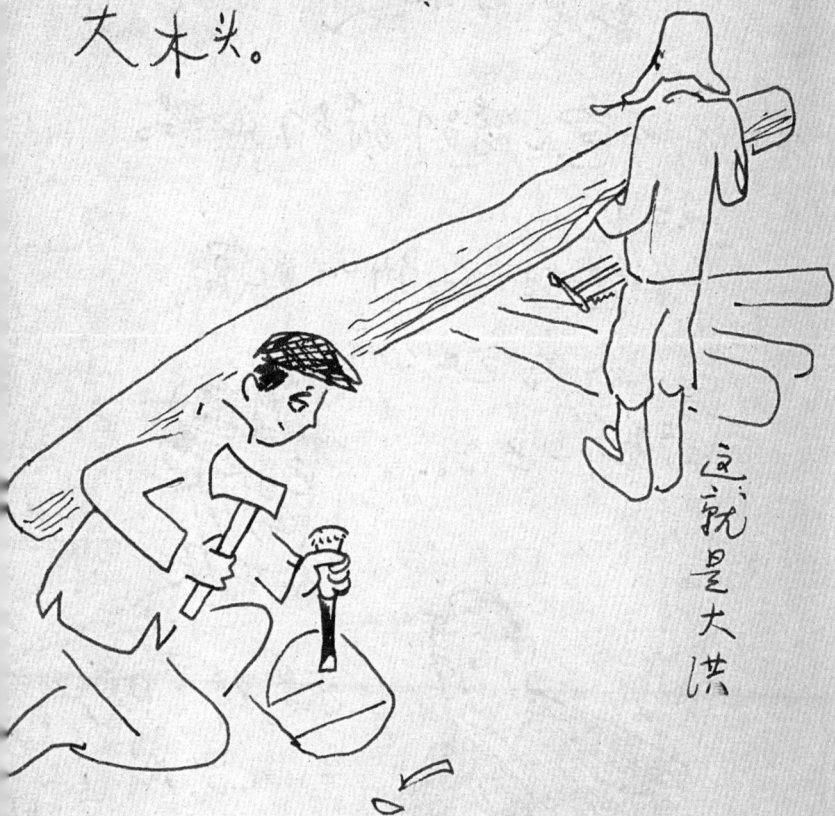

这就是大洪

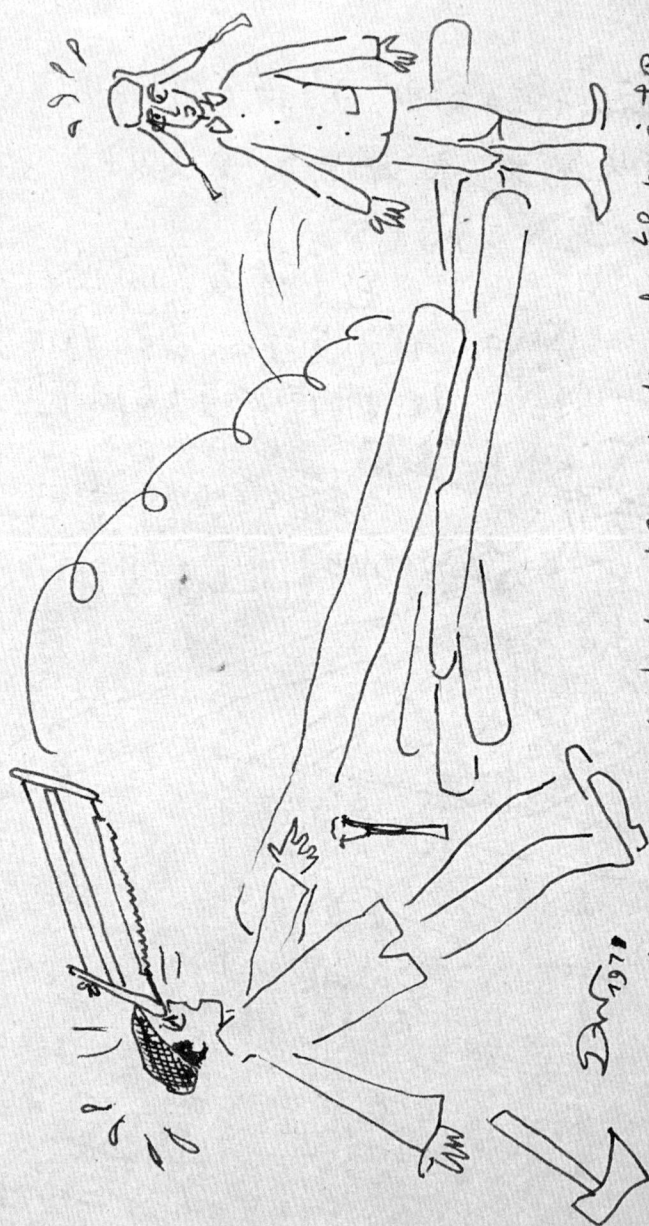

后来爸爸的眼睛就肿起来了，所以就剩下了一只，后来又好了就又变成了两只。

　　毛主席教导我们说："下定决心，不怕牺牲，排除万难，去争取胜利。"

　　爸爸包上眼睛又爬到房上去劳动了！

　　　　　你的 爸爸 丁平 1974

257

亲爱的小艾：

爸爸特别特别地想你！

现在给你讲一个故事：

有一天爸爸的眼睛只剩一只了。可是到了晚上，又变成了两只。这是怎么回事呢？

爸爸正在劳动，大洪在搬木头，大极了的大木头。

后来，大洪把大木头一扔，正扔在一把锯上，这把锯就起来了，飞到了爸爸的眼睛上，后来……后来……

后来，爸爸的眼睛就包起来了，所以就剩下了一只。后来又好了，就又变成了两只。

毛主席教导我们说："下定决心，不怕牺牲，排除万难，去争取胜利。"

爸爸包上眼睛又爬到房上去劳动了！

你的爸爸丁午

2 月 28 日，1971 年

亲爱的小艾：

爸爸特别特别地想你！

可是你老不给爸爸写信了！爸爸都着急了，你知道吗？

爸爸的眼睛已经完全好了！

我们盖的一座房子, 就要
盖成了, 爸爸还在当木匠, 盖
完这个房子爸就不当木匠了。

前两天爸爸又种树了，
先挖一个坑。爸爸用力挖，挖
得特别快！挖得
满头大汗。

把左角上一棵
小树苗

过几年就会长
成一棵大树！

今天爸爸收到十艾的信了，
特别高兴！
　　你的诗写得好《回忆阳台》
好，《回忆起航》也好！可你怎
么老"回忆"呀？
　　你也不要忘了听婆婆、妈妈的
话！
　　今天先写这么多。

爸爸
9/3
1971

亲爱的小艾：

爸爸特别特别地想你！

可是你老不给爸爸写信了！爸爸都等急了，你知道吗？

爸爸的眼睛已经完全好了！

我们盖的一座房子，就要完成了。爸爸还在当木匠，盖完这个房子爸就不当木匠了。

前两天爸爸还种树了。先挖一个坑。爸爸用力挖，挖得特别快！挖得满头大汗。然后再栽上一棵小树苗。

过几年就会长成一棵大树！

今天爸爸收到小艾的信了，特别高兴！

你的诗写得好。《回忆阳台》好！《回忆轮船》也好！可你怎么老"回忆"呀？

你在家要好好听婆婆、妈妈的话！

今天先写这么多。

爸爸丁午

3月9日，1971年

亲爱的小艾：

爸爸特别特别地
想你！

你的信收到了。

你的故事写得很好，
可是你写错了一个字，是
"圣"水不是"剩"水。

这是谁给你讲的呢？
下次再给爸爸讲一个吧！

一九七一年三月三十一日

有一天我们吃鹅肉，
爸爸一口气弄死了九只大
鹅，后来吃了好多鹅肉。

爸的给小艾写信。

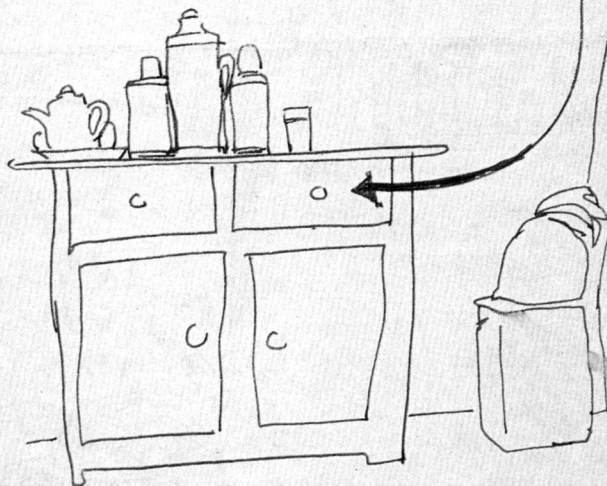

上次爸爸说的木头做的
小鸟.就在这个抽屉里.
仔细地找吧!

闹笑它好!

毛主
1971 3/13

267

亲爱的小艾：

　　爸爸特别特别地想你！

　　你的信收到了。

　　你的故事写得很好，可是你写错了一个字，是"圣"
水，不是"剩"水。

　　这是谁给你讲的呢？

　　下次再给爸爸讲一个吧！

　　有一天我们吃鹅肉，爸爸一口气杀死了九只大鹅，
后来吃了好多鹅肉。

　　问婆婆好！

爸爸

3 月 31 日，1971 年

　　爸爸给小艾写信。（见 266 页）

　　上次爸爸说的木头做的小鸟，就在这个抽屉里。你
好好找吧！（见 267 页）

亲爱的小艾：

爸爸特别特别地想你！

爸爸因为忙，天天开会，就没有给你写信，你想爸爸了吗？

你要的"汉奸"已经做好了。以后有人来北京时就给你带去。

小艾抽汉奸

梳小辫的小艾

你梳小辫了吗?

　昨天是星期日. 爸爸跟小梅
去钓鱼玩。

　　我们把蛆蚓(一种鱼最爱
吃的虫子)套在鱼钩上.

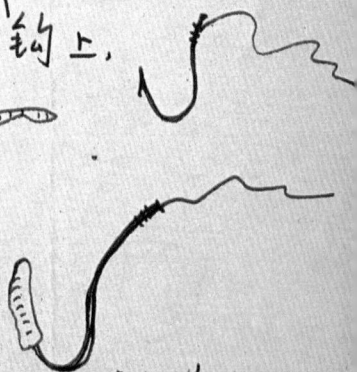

把鱼钩放
在水里。

　鱼要是一吃蛆蚓. 就把它的嘴

给钩上了，再一举竹杆，鱼就
钓上来了。

小梅拿着鱼杆等着，等呀等呀
……爸爸等得不
耐烦，站起来走去，
捉到一只小乌龟。

后来爸爸又跟
小梅等着鱼吃蚯蚓.
一直等到天晚,鱼也没吃蚯蚓.鱼
一条也没钓着.可是我们走看的时候,
那个小乌龟偷偷地逃跑了.
　你在家好好做功课了吗?
听婆婆的话吗?听妈妈的话吗?
　向婆婆好!

　　　　　　　　　　　　　爸爸
　　　　　　　　　　　　　12/14
　　　　　　　　　　　　　1971

272

亲爱的小艾:

爸爸特别特别地想你!

爸爸因为忙,天天开会,就没有给你写信,你想爸爸了吗?

你要的"汉奸"已经做好了,以后有人去北京时就给你带去。

你梳小辫了吗?

昨天是星期日,爸爸跟小梅去钓鱼玩。

我们把蚯蚓(一种鱼最爱吃的虫子)套在鱼钩上,把鱼钩放在水里。鱼要是一吃蚯蚓,就把它的咀(嘴)给钩上了,再一举竹杆(竿),鱼就钓上来了。

小梅拿着鱼杆(竿)等着,等啊,等啊……爸爸等得不耐烦,站起来走走,捉到一只小乌龟。

后来爸爸又跟小梅等着鱼吃蚯蚓，一直等到天晚了，鱼也没吃蚯蚓，鱼一条也没钓着。可是我们坐着的时候，那个小乌龟偷偷地逃跑了。

　　你在家好好做功课了吗？听婆婆的话吗？听妈妈的话吗？

　　问婆婆好！

爸爸

4 月 12 日，1971 年

亲爱的小艾：

爸爸特别特别地想你！

爸爸给你葫芦子你收到了
吗？你种了吗，要十几天才能发芽。
你别着急，爸爸也种了，现在还没
有发芽哪！

今年
五一节
我们不放
假，因为
特别忙，
也没有演《智取威虎山》爸爸
挺爱表演，有时候一个人到河

怎么老不发芽？

边洗衣服，洗完衣服，就站在河边使劲地唱，你知道谁在听吗？

十河里的鱼，
岸上的青蛙，
树上的十鸟，
天上的云彩。
他们都在听，你看云彩都笑了，他一定爱听爸爸唱的歌，你说是吗？
五·一节的礼花（不是"烟"，记住了！）火好看吗？你和妈妈婆婆在阳台上看了吗？我们这里没有焰火可是爸爸看过好多好多次了。你记得吗？有一次咱们在阳台上…………可是一个降落伞都没有弄到。

小艾，你这次给爸爸写的信怎么乱七八糟的看也看不清？

你告诉婆婆爸爸现在白天都劳动，晚上才搞运动。

你也家听婆婆和妈妈的话吗？

你的功课好吗？算术都会吗？珠算也会吗？你写信告诉爸爸你考试得了多少分？

给爸爸写信来吧！

向婆婆好！

你的
爸爸
3/5
1971

亲爱的小艾:

爸爸特别特别地想你!

爸爸给你葫芦子(籽)你收到了吗?你种了吗?要十几天才能发芽。你别着急。爸爸也种了,现在还没有发芽哪!

今年五一节我们不放假,因为特别忙,也没有演《智取威虎山》。爸爸挺爱表演,有时候一个人到河边洗衣服,洗完衣服,就站在河边使劲地唱。你知道谁在听吗?

小河里的鱼,

岸上的青蛙,

树上的小鸟,

天上的云彩,

他(它)们都在听。你看云彩都笑了,他(它)一定爱听爸爸唱的歌,你说是吗?

五一节的焰(不是"烟",记住了!)火好看吗?你和妈妈、婆婆在阳台上看了吗?我们这里没有焰火,可是爸爸看过好多好多次了。你记得吗？有一次咱们在阳台上……可是一个降落伞都没有弄到。

　　小艾，你这次给爸爸写的信怎么乱七八糟的看也看不清？

　　你告诉婆婆，爸爸现在白天都劳动，晚上才搞运动。

　　你在家听婆婆和妈妈的话吗？

　　你的功课好吗？算术都会吗？珠算也会吗？你写信告诉爸爸，你考试得了多少分？

　　给爸爸写信来吧！

　　问婆婆好！

你的爸爸

5 月 3 日，1971 年

亲爱的小艾：

　　爸爸特别特别地想你！你想爸爸吗？

　　你怎么老也不给爸爸写信了？

　　你收过爸爸给你的识字牌吗？你会抽了吗？

　　你种的葫芦发出来了吗？

　　爸爸种了20个种子，只发出了两棵葫芦。

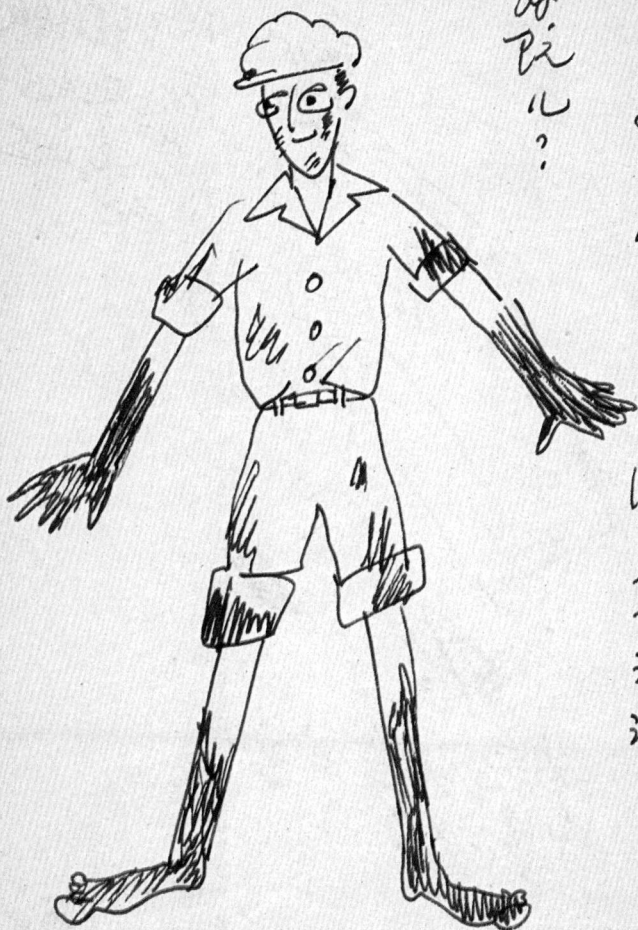

吃了饭，足了劲，
换上妈妈给爸爸
做的新衣服，一
个人走出去散
步，就一点都
不累了。

快给爸爸写信来！
问婆婆好！

爸爸 3/6
1971

284

亲爱的小艾：

爸爸特别特别地想你！你想爸爸吗？

你怎么老也不给爸爸写信了？

你玩过爸爸给你的"汉奸"吗？你会抽了吗？

你种的葫芦长出来了吗？

爸爸种了20个种子，只长出了两颗（棵）葫芦。

有一天，爸爸正在插秧，忽然听见有人喊"丁午"。爸爸找了半天，后来才知道是一只鸟在叫。你说好玩吗？

爸爸每天劳动完了，混（浑）身是污泥，你看多好玩儿！

吃了饭，洗了澡，换上妈妈给爸爸做的新衣服，一个人走出去散步，就一点都不累了。

快给爸爸写信来！

问婆婆好！

爸爸

6月3日，1971年

小艾，亲爱的：

爸爸特别特别地想你！你知道吗？

爸爸天天都想写信给你，可老也没有时间。

你的信里说你"腿长长了，个子也高了"那个揭阿姨回来也说你长高了，快跟妈妈一样高了。是吗？

爸爸真想不出你是什么样子了！

还说你梳了十辫心。

1971.8.7

小艾，亲爱的：

爸爸特别特别地想你！你知道吗？

爸爸天天都想写信给你，可老也没有时间。

你的信里说你"腿长长了，个子也高了"，那个杨阿姨回来也说你长高了，快跟妈妈一样高了。是吗？

爸爸真想不出你是什么样子了！还说你梳了小辫儿。

爸爸和梳小辫儿的小艾

没有到河南来你生气了？你想爸爸？你就快看到爸爸了！

你能憋气游多远？快会游了吧？

爸爸正在画一张大画。星期日爸整天都在画它。等画好了，再告诉你画的是什么。

爸爸在画画

告诉妈々，寄来的糖
都收到了。表根本不会
走。

向婆々，茶好喝吗？

爸々的葫芦结了七
个，很好看。等熟了再寄
给你。

问婆々好！

努力学习！

爸々丁午 7/8
1971

你给爸々写信！

爸爸和梳小辫儿的小艾

没有到河南来你生气了？你想爸爸？你就快看到爸爸了！

你能憋气游多远？快会游了吧？

爸爸正在画一张大画，星期日爸正（整）天都在画画。等画好了，再告诉你画的是什么。

告诉妈妈，寄来的糖都收到了。表根本不会走。

问婆婆，茶好喝吗？

爸爸的葫芦结了七个，很好看。等熟了再寄给你。

问婆婆好！

努力学习！

爸爸丁午

8月7日，1971年

快给爸爸写信！

亲爱的小艾，

爸爸特别特别地想你！看到你写的信，爸爸最高兴的是，你已经会游泳了。你真的能游320米吗？

我的小艾能游320米了！

爸爸见了人就告诉他说：

你会游仰泳吗?(就是躺在水上游)会游仰泳就能游得更远,因为仰泳跟睡觉一样,一点也不累:

小艾. 你看见过小毛驴
吗? 你知道它爱吃什么东西?
它最爱吃爸爸的画。就像
小艾吃山楂片一样. 小毛驴
把爸爸贴在墙上的画 都给
吃了。

小艾，你告诉爸爸你会游泳了。可是你还没有告诉爸爸你的功课好吗？学习好吗？下回写信就告诉爸爸你也可按学习怎么样？

你还拉小提琴吗？会拉歌吗？

快写信来吧！快！！！

问婆婆好！

你的 爸爸
4/9
1971

亲爱的小艾：

爸爸特别特别地想你！

看到你写的信，爸爸最最高兴的是，你已经会游泳了！你真的能游320米吗？

爸爸见了人就告诉他说：我的小艾能游320米了！

你会游仰泳吗？（就是躺在水上游。）会游仰泳就能游得更远，因为仰泳跟睡觉一样，一点也不累！

小艾，你看见过小毛驴吗？你知道它爱吃什么东西？它最爱吃爸爸的画。就像小艾吃山楂片一样，小毛驴把爸爸贴在墙上的画都给吃了。

小艾，你告诉爸爸你会游泳了，可是你还没有告诉爸爸你的功课好吗？学习好吗？下回写信就告诉爸爸你在学校学习怎么样？

你还拉小提琴吗？会拉歌吗？

快快写信来吧！快！快！快！

问婆婆好！

你的爸爸

9月4日，1971年

亲爱的小艾：

爸爸特别特别地想你！

上次写了一封信给你，后来一看上面画太少了，就想再多画几张给你，你等急了吧！？

鹅会咬人！

小梅哥哥
摘莲蓬。

爸爸在河边
剥莲子。

爸爸把莲子装在铁
筒里给小艾寄去了。
莲子里面那个
绿的东西特苦。

莲子好吃吗？莲子干了还
可以煮了吃。

快给爸写信、爸妈
都特别想你了，有照片
吗？寄给妈一张。

给婆婆好！听婆婆话！

妈妈

5/
10
1971

亲爱的小艾：

　　爸爸特别特别地想你！

　　上次写了一封信给你，后来一看上面画太少了，就想再多画几张给你，你等急了吧！

　　小梅哥哥采莲蓬。爸爸在河边剥莲子。爸爸把莲子装在铁筒里给小艾寄去了。

　　莲子里面那个绿的东西特苦。

　　莲子好吃吗？莲子干了还可以煮了吃。

　　快给爸爸写信，爸爸都特别想你了。有照片吗？寄给我一张。

　　问婆婆好！听婆婆话！

爸爸

10 月 5 日，1971 年

鹅会咬人（见 297 页）

小驴在吃奶（见 298 页）

亲爱的孩子：

爸爸特别特别地想你！

那天爸爸一下子收到了你的两封信，可真高兴极了！

等爸爸打开信封,看到了小艾的照片之后,就更加高兴了!

你真的长大了,爸爸都快不认识你了!又快有一年没有看见你了!

好多同志都说小艾越长越像爸爸了,你说是吗?

爸爸把小艾的照片看了许多次,收到信封里又拿了出来,又收到信封里又再拿出来……

后来灯灭了（我们这里每天
十一点钟灭灯，跟北京不一样）
爸爸还想看，就划了一根火柴
看小艾，一根火柴灭了，就又
划一根……

1971

亲爱的孩子：

爸爸特别特别地想你！

那天爸爸一下子收到了你的两封信，可真高兴极了！

等爸爸打开信封，看到了小艾的照片之后，就更加高兴了！

你真的长大了，爸爸都快不认识你了！又快有一年没有看见你了！

好多同志都说小艾越长越像爸爸了，你说是吗？

爸爸把小艾的照片看了许多次。收到信封里，又拿了出来，又收到信封里，又再拿出来……

后来灯灭了（我们这里每天十一点钟灭灯，跟北京不一样），爸爸还想看，就划了一根火柴看小艾。一根火柴灭了，就又划一根……

你给爸爸写了信以后，又收到爸爸们的信了吗？

你拉提琴还演出过爸爸很高兴！你会拉什么歌？

小艾拉提琴爸爸来唱歌，第一号歌就是《东方红》。

你给爸爸写了信以后，又收到爸爸的信了吗？

你拉提琴还演出过，爸爸很高兴！你会拉什么歌？

小艾拉提琴，爸爸来唱歌，第一只（支）歌就是《东方红》。

小艾，我最亲爱的孩子：

爸爸特别特别地想你！今天是一九七一年的十一月六日！

十年前的今天，妈妈生下了你！

那天爸爸非常高兴，在家里想给你起一个好听的名字。爸爸想了三天三夜，想了好多名字，最后想了蹇艾两个字。妈妈也喜欢，所以从那以后你就叫蹇艾了。

你生下了以后，住在医院里。爸爸想看看你长得象不象爸爸。可是医院还不让看。过了好几天爸爸才看见你。还把你接回家。

那时你除了吃就会哭。睡在爸爸妈妈的大床旁边的两把椅子上。

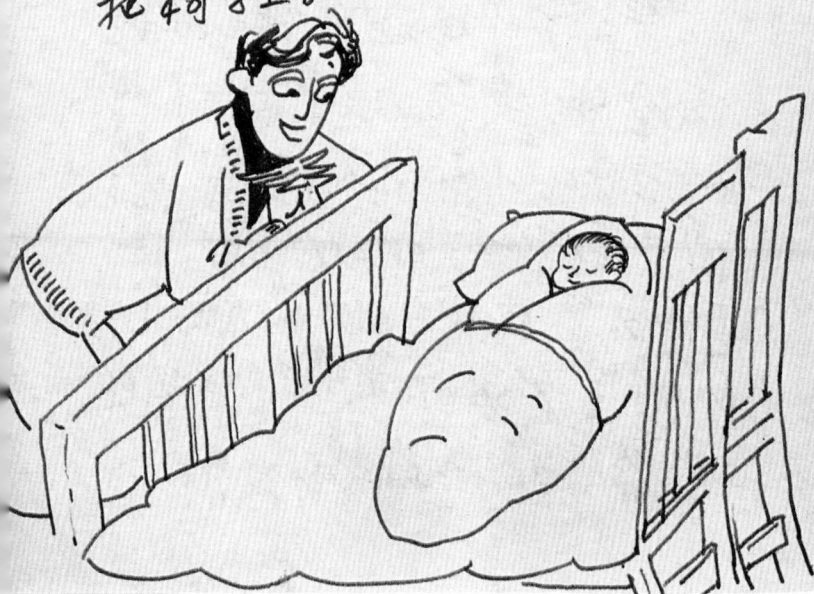

爸爸和妈妈都要上班，没有人看着你，就把你送到奶奶家，请奶奶看你。

后来你长会走路了，就到幼儿园去住了。爸爸妈妈把你送到幼儿园里，你哭着不让爸爸妈妈走，妈妈也哭了，爸爸也要哭了！

后来一到星期六就把你接回家住。那时你还不知道哪里是你的家，你以为奶奶家才是你的家，你老想回奶奶家去。一到晚上就哭了，爸爸一点办法都没有！

310

小艾，我最最亲爱的孩子：

爸爸特别特别地想你！

今天是 1971 年的 11 月 6 日！

十年前的今天，妈妈生下了你！

那天爸爸非常高兴，在家里想给你起一个好听的名字。爸爸想了三天三夜，想了好多名字，最后想了"蹇艾"两个字，妈妈也喜欢，所以从那以后你就叫蹇艾了。

你生下了以后，住在医院里，爸爸想看看你长得像不像爸爸，可是医院还不让看。过了好几天爸爸才看见你，还把你接回家。

那时你除了吃就会哭，睡在爸爸妈妈的大床旁边的两把椅子上。爸爸和妈妈都要上班，没有人看着你，就把你送到奶奶家，请奶奶看你。

后来小艾会走路了，就到幼儿园去住了。爸爸妈妈把你送到幼儿园里，你哭着不让爸爸妈妈走。妈妈也哭了，爸爸也要哭了！

后来一到星期六就把你接回家住。那时你还不知道哪里是你的家，你以为奶奶家才是你的家。你老想回奶奶家去，一到晚上就哭了，爸爸一点办法都没有！

爸爸一点办法都没有！

过了好多日子，你才跟爸爸、妈妈好了，才知道爸爸妈妈的家就是你的家。

找妈妈去

你看不见爸爸就说"找爸爸去"；妈妈去洗完了碗，你看不见妈妈就说"找妈妈去"说着就去找妈妈了。

妈 下乡去了，爸 我一个人和你玩，你跟爸 特别特别好！

白天爸 带你上街去玩。

到了晚上爸 拍你睡觉，还给你唱好多好听的歌，你听着听

着，就睡着了。睡着了还笑呢！

313

后来你长大了，越来越像爸爸了。爸爸也越来越喜欢你了！

有一天晚上你问爸爸"月亮上哪儿去了？"爸爸告诉你说："月亮回家吃饭去了！"

在咱们家的阳台上。

有一天，爸爸给你讲木偶的故事，讲到木偶特别想他的爸爸，找了好久好久才在一条大鲸鱼的肚子里找到他的爸爸时，小艾就哭起来了，你还记得吗？

……

爸爸多么喜欢小艾呀！

好玩的故事多极了！
爸爸以后再给你讲吧！

小艾变
大了，爸爸
变老了！
小艾，记着
吧！一九六一
年十一月六日
就是你的
生日。你已
经十岁了！

你的爸爸丁卒 6/11
1971

（十月十二日写完）

316

过了好多日子，你才跟爸爸妈妈好了，才知道爸爸妈妈的家就是你的家。你看不见爸爸就"找爸爸去！"妈妈去洗碗了，你看不见妈妈就说"找妈妈去"，说着就去找妈妈了。

　　妈妈下乡去了，爸爸就一个人和你玩，你跟爸爸特别特别好！白天爸爸带你上街去玩，到了晚上爸爸拍你睡觉，还给你唱好多好听的歌。你听着听着，就睡着了，睡着了还笑呢！

　　后来你长大了，越来越像爸爸了，爸爸也越来越喜欢你了！

　　有一天晚上你问爸爸："月亮上哪儿去了？"爸爸告诉你说："月亮回家吃饭去了！"

　　有一天，爸爸给你讲木偶的故事，讲到木偶特别想他的爸爸，找了好久好久才在一条大鲸鱼的肚子里找到他的爸爸时，小艾就哭起来了。你还记得吗？

　　……

爸爸多么喜欢小艾呀！

好玩的故事多极了！爸爸以后再给你讲吧！

小艾变大了，爸爸变老了！小艾，记着吧！1961年11月6日就是你的生日。你已经十岁了！

你的爸爸丁午

11月6日，1971年

（11月12日写完）

亲爱的小艾：

爸爸特别特别地想你！

昨天早晨刚给你发了一封信问你怎么不给爸爸写信？下午就收到了你的信，爸爸可高兴了！

你能在深水游泳可太好了！可是你去游泳一定要和别人一起去，在深水里也要有两三个人在一起，可别忘了!

铁树开花好看吧? 爸爸好像还没有看见过呢。

相片洗好了, 快些给爸爸寄来, 爸爸想看十艾梳小辫是什么样子, 好看不好看?

婆婆好吗?

妈妈病怎么样了? 写信时告诉爸爸。

语文、算术要都好才行! 你一定要好好学习! 你们学珠算吗? 珠算很有用!

黄湖的树瘦了，爸爸胖了。你知道为什么？

因为天冷了，树叶都掉了，它就瘦了。爸爸穿的衣服多了，就胖了。

青蛙和蛇都看不见了，你知道它们上哪儿去了吗？天冷了，它们身上又没有毛，受不了就钻到地底下去了。

你看青蛙在地底下睡大觉，也不吃饭，老要睡到明年春天才醒哪！

爸爸现在不当木匠了。爸爸在做砖，（盖房子用的砖头）用机器做，每天干完活儿身上都是油泥，特别脏。

你看爸爸还军着一个大围裙，好玩吗？

前几天爸爸干活儿又把手弄破了一个大口子，哗哗流血，手都成红的了。

小艾看见一定会不一跳。

亲爱的小艾：

爸爸特别特别地想你！

昨天早晨刚刚发了一封信问你怎么不给爸爸写信，下午就收到了你的信，爸爸可高兴了！

你能在深水游泳，可太好了！可是你去游泳一定要和别人一块去，在深水里也要有两三个人在一起，可别忘了！

铁树开花好看吧？爸爸好像还没有看见过呢。

相片洗好了快些给爸爸寄来，爸爸想看小艾梳小辫是什么样子，好看不好看？

婆婆好吗？

妈妈病怎么样了？写信时告诉爸爸。

语文、算术要都好才行！你一定要好好学习！你们学珠算吗？珠算很有用！

黄湖的树瘦了，爸爸胖了，你知道为什么？

因为天冷了，树叶都掉了，它就瘦了；爸爸穿的衣服多了，就胖了。

青蛙和蛇都看不见了，你知道它们上哪儿去了吗？

天冷了，它们身上又没有毛毛，受不了就钻到地底下去了。你看青蛙在地底下睡大觉，也不吃饭。它要睡到明年春天才醒哪！

　　爸爸现在不当木匠了。爸爸在做砖（盖房子用的砖头），用机器做，每天干完活儿身上都是油泥，特别赃（脏）。

　　你看爸爸还穿着一个大围裙，好玩吗？

　　前几天爸爸干活儿又把手弄破了一个大口子，哗哗流血，手都成红的了。小艾看见一定会吓一跳。

亲爱的小艾:

爸又特别特别地想你!

你看爸爸穿着一个大围裙

还戴着一付套袖(上面还有花,

是用一个破床单缝

的)混身都是油泥,

连帽子上也有油

泥.你知道爸爸

去干什么吗?为

什么弄了一身的

油泥吗?下面就

告诉你。

爸爸在用机器做砖头。机器把泥压成一大条，然后切成一扑一扑的。湿的泥砖，晒好多天，就干了。干了先堆成一大堆，是现一扑邦上去的。再放在窑（Yáo）里烧好多天。完了就成了又结实又好看的砖头了。

这是砖窑，你看还冒烟哪！

砖烧好了，还得一块块地从窑里拿出来，用车运走，去盖房子。现正在盖一间大房子，可以在里回看电影。

有一天正在从窑里往外运砖，爸爸不小心，一块砖从高处抛下来砸(za)在脚上，痛极了！

爸爸就上医院去看了，你知道医生给了什么药吗？

327

亲爱的小艾：

爸爸特别特别地想你！

你看爸爸穿着一个大围裙还戴着一付（副）套袖（上面还有花，是用一个破床单缝的），混（浑）身都是油泥，连帽子上也有油泥。你知道爸爸在干什么吗？为什么弄了一身的油泥吗？下面就告诉你。

爸爸在用机器做砖头。机器把泥压成一大条，然后切成一块一块的湿的泥砖，晒好多天，就干了。干了先堆成一大堆，是一块一块扔上去的。再放在窑里烧好多天，完了就成了又结实又好看的砖头了。

这是砖窑，你看，还冒烟哪！

砖烧好了，还得一块块地从窑里拿出来，用车运走，去盖房子。现正在盖一间大房子，可以在里面看电影。

有一天正在从窑里往外运砖，爸爸不小心，一块砖从高处扔下来砸在脚上，痛极了！

爸爸就上医院去看了，你知道医生给了什么药吗？

医生给爸之照透视,
说骨头没有坏,就
　　给了一包黄药面,还有鸡蛋、
　　是用鸡蛋白和
　　黄药面拌在一
　　起,像酱一样,抹
左脚上,包起来。
还给了中草药
三包,这就是
煮药的罐子
(guàn)

那药煮好了,可苦死了!
爸之还要吃好多这种苦
药呢!

别人去劳动了爸爸一个人在家看书学习。有时候给小艾画画,写信。一个人很闷快给爸爸写信吧!

婆婆好吗?你听婆婆的话了吗?

妈妈病怎样了?写信时告诉爸爸。你在家要听妈妈的

话，别叫她生气，一生气病就
更重了！

　　爸 c 的脚很快就会好的！
爸ｃ脚好了又要去当木匠，去
盖我们的新食堂了。

爸ｃ华 29/11 1971

你收到爸ｃ在你生日那天写的信了吗？

医生给爸爸照透视，说骨头没有坏，就给了一包黄药面，还有鸡蛋，是用鸡蛋白和黄药面拌在一起，像酱一样，抹在脚上，包起来。还给了中草药三包。这就是煮药的罐子。

那药煮好了，可苦死了！爸爸还要吃好多这种苦药呢！

别人去劳动了，爸爸一个人在家看书学习。有时候给小艾画画、写信。一个人很闷，快给爸爸写信吧！

婆婆好吗？你听婆婆的话了吗？

妈妈病怎样了？写信时告诉爸爸。你在家要听妈妈的话，别叫她生气，一生气病就更重了！

爸爸的脚很快就会好的！爸爸脚好了又要去当木匠，去盖我们的新食堂了。

爸爸丁午

11 月 29 日，1971 年

你收到爸爸在你生日那天写的信了吗？

铁树要六十年才开一次花吗？那么你要想再看一次那一棵铁树开花，你就是七十岁了，爸爸就是一百岁了，到那时候，爸爸一定带你去看铁树开花，对吗？

一百岁的爸爸，带着七十岁的小艾去看铁树开花，过六十年以后爸爸的白胡子和小艾的小辫都发到地上去了。

你的相片爸々真不想寄
回去，过几天再寄吧！

未迟回去看病，你看见
他了吗？他就住在报社，
你让妈々带你去看々他
吧！他病重极了！

好々读书！

你的亲爱的

爸々徐

12/19 71

　　铁树要六十年才开一次花吗？那么你要想再看一次那一棵铁树开花，你就是七十岁了，爸爸就是一百岁了，到那时候，爸爸一定带你去看铁树开花，好吗？一百岁的爸爸带着七十岁的小艾，去看铁树开花，过六十年以后爸爸的白胡子和小艾的小辫都长到地上去了。

　　你的相片爸爸真不想寄回去，过几天再寄吧！

　　未迟回去看病，你看见他了吗？他就住在报社，你让妈妈带你去看看他吧！他病重极了！

　　好好读书！

你的亲爱的爸爸丁午

12 月 19 日，1971 年

狂风暴雨巾的陈永贵同志

爸爸在有风有雨的晚上走路

DW

1971 年

卷 四

给女儿小艾的信

1972.01 — 1972.08

手 套

沈培金

丁午与我相识于 1956 年 3 月。

一见面，对味儿，谈得来。丁午听一知三。我俩住一间宿舍好几年。

1960 年，一同下放山东高唐，种棉花，苦极。八月节，他省下炸素丸子给我吃。有人戏称我俩像手套——用绳连着的棉手套。

1969 年，我们同赴黄湖农场。

我烧砖。丁午做木工班头儿。他手下有个戴着反革命帽的真木工马家斌。丁午大声唤："马家斌过来！"马小跑，毕恭毕敬站在丁午面前。"丁午同志，什……么事儿？"丁午："给你支烟抽！"

这就是丁午。

丁午家变。女儿小艾来到黄湖。爹和女儿相依为命。

那年，小艾十一岁。

黄湖苦中有乐。与丁午游水、炖野兔、喝小酒……还有梅青小友助兴。

1973年回京。仍如手套。

1980年，我南迁。种种隔阂，种种传言……如刀如剪，手套绳断。

2011 年 8 月 7 日，丁午弃世。消息是他孩子电告我的。

2012 年 10 月 15 日 香港

亲爱的小艾：

爸爸特别特别地想你！你知道吗？

新年好吗？

元旦这一天，爸爸从早晨开始做两个新房子的门，下午才做好，做好了就装门，特别忙，一直干到天都黑了。又大又园的月亮都出来了。你在北京也看到那个月亮了吗？

月亮和爸爸和小艾。

前几天演节目，我们班有一个节目是"拉洋片"。爸爸画了好几张大画，由一个人一张一张的翻，一边还唱。

画的是联合国的事情，你也知道吧？

爸爸在床上画大画。

今天吃饺子，爸爸和一个叔叔一块包饺子，那个叔叔不会擀(gan)皮，爸爸也不会包，他的皮特厚。爸爸的馅特大，一点都不好吃。

你过年吃什么好吃的了？

你们放假了吗？

快给爸爸写信来！

闯囡囡好！

你的爸爸

泽

1972

亲爱的小艾：

爸爸特别特别地想你！你知道吗？

新年好吗？

元旦这一天，爸爸从早晨开始做两个新房子的门，下午才做好。做好了就装门，特别忙，一直干到天都黑了，又大又园（圆）的月亮都出来了！你在北京也看到那个月亮了吗？

前几天演节目，我们班有一个节目是"拉洋片"，爸爸画了好几张大画，由一个人一张一张的（地）翻，一边还唱。

画的是联合国的事情，你也知道吧！

今天吃饺子。爸爸和一个叔叔一块包饺子。那个叔叔不会擀皮，爸爸也不会包。他的皮特厚，爸爸的馅特少，一点都不好吃。

你过年吃什么好吃的了？你们放假了吗？

快给爸爸写信来！

问婆婆好！

你的爸爸丁午

1月，1972年

亲爱的小艾：

爸爸特别特别地想你！

你想爸爸了吗？

你收到爸爸的信了吗？

怎么没有给爸爸写信呀？

爸爸给亲小艾的信

一九七二年二月二日

有一天爸爸正在盖房子，把一大批一大批的砖扔到高处去。忽然爸爸手没有力气了。腿也软了，头也疼了，可爸爸还继续干。到了休息时间，跑回宿舍，一量体温，啊呀！39.7度了！

爸爸病了！不能干活了！爸爸躺在了床上！

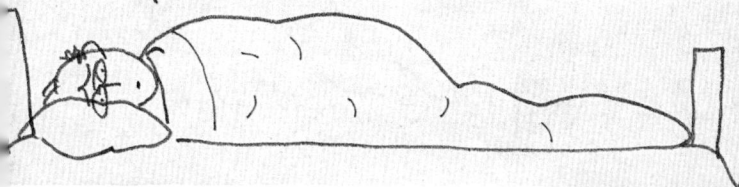

第一天晚上，爸爸一直发烧，老是39度多！可是爸爸精神还很好，还和别人说笑话，一点不像有病：

第二天晚上就不行了。混身发抖，头昏了。体温已经到了39.8度！

张伯树伯伯一夜没有睡觉，把冷手巾放在爸爸头上……

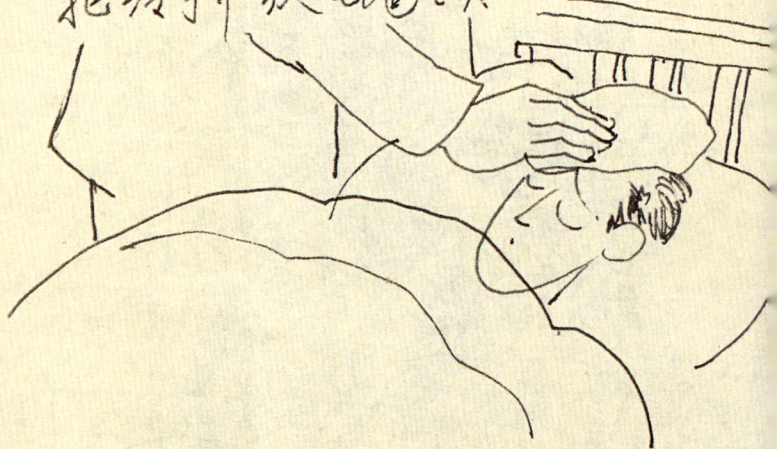

1972.2.2

亲爱的小艾：

　　爸爸特别特别地想你！

　　你想爸爸了吗？

　　你收到爸爸的信了吗？怎么没有给爸爸写信呀？

　　有一天爸爸正在盖房子，把一大块一大块的砖扔到高处去。忽然爸爸手没有力气了，腿也软了，头也疼了，可爸爸还继续干。到了休息时间，跑回宿舍，一量体温，啊呀！39.7度了！

　　爸爸病了！不能干活了！爸爸躺在了床上！

　　第一天晚上，爸爸一直发烧，老是39度多！可是爸爸精神还很好，还和别人说笑话，一点不像有病！

　　第二天晚上就不行了，混（浑）身发抖，头昏了，体温已经到了39.8度！

　　张伯树伯伯一夜没有睡觉，把冷手巾放在爸爸头上……

　　爸爸病了，许多叔叔、阿姨都很关心。你看桌子上都是他们送给爸爸的东西，有咸鸭蛋、罐头橘子、挂面、香油、红枣、橘子、苹果、奶粉、虾米、大头菜……许多好吃的东西，这些东西在黄湖是买不到的。爸爸枕头底下还有好多好吃的糖。你看叔叔阿姨们多么好啊！

好多同志还常来看爸爸！

张伯树伯伯每天给爸爸打饭。

这就是张伯树伯伯在给爸爸打饭。

爸爸得了一场大病，在床上躺了七天，后来几天，爸爸自己可以起来了，就自己煮挂面吃，一顿只吃一两面。爸爸多想小艾啊！小艾要在这儿，就可以给爸爸煮面了，你会吗？

在爸爸不能吃饭的那两天，小黑叔叔还给爸爸炸了四个鸡蛋。在那一天爸爸一共吃了七个鸡蛋，可是别的东西什么都没有吃。

后来，爸爸就好了！

你也要像叔叔阿姨们那样，在别人有困难的时候帮助别人，好吗？

爸爸病好了，就把两个苹果
送给了一个生病的小孩子。

爸爸现在又去盖房子了。

　　　　　爸爸在房顶
　　　上。

今天，黄湖下大雪了，什么
都变成了白的，好看极了！你
想和爸爸一块到黄湖来
吗？你怕过艰苦的生活吗？
爸爸就快要看见他的亲
爱的女儿小头了！

你的爸爸 平

一九七二年

二月二日夜

356

好多同志还常来看爸爸！张伯树伯伯每天给爸爸打饭。

爸爸得了一场大病，在床上躺了七天。后来几天，爸爸自己可以起来了，就自己煮挂面吃，一顿只吃一两面。爸爸多想小艾啊！小艾要在这儿，就可以给爸爸煮面了。你会吗？

在爸爸不能吃饭的那两天，小晁叔叔还给爸爸炸了四个鸡蛋。在那一天爸爸一共吃了七个鸡蛋，可是别的东西什么都没有吃。

后来，爸爸就好了！

你也要像叔叔阿姨们那样，在别人有困难的时候帮助别人，好吗？

爸爸病好了，就把两只苹果送给了一个生病的小孩子。

爸爸现在又在盖房子了。

今天，黄湖下大雪了，什么都变成了白的，好看极了！你想和爸爸一块到黄湖来吗？你怕过艰苦的生活吗？

爸爸就快要看见他的亲爱的女儿小艾了！

你的爸爸丁午

1972年2月2日夜

亲爱的小艾：

爸爸特别特别地想你！

前几天爸爸给你的仗你收

到了吗？现在爸爸又在给你写

仗了，可你还没有给爸爸写仗

呀！

有一天爸爸到田野去玩，

Dm1972

　　　　　　　　　一九七二年

远々看见几只灰色的大鸟,腿
长极了.脖子也长.好玩儿极了。

359

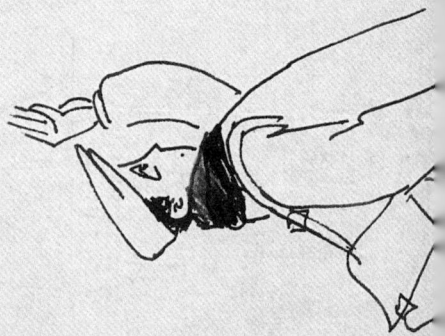

亲爱的小艾：

爸爸特别特别地想你！

前几天爸爸给你的信你收到了吗？现在爸爸又在给你写信了，可你还没有给爸爸写信呀！

有一天爸爸到田野去玩，远远看见几只灰色的大鸟，腿长极了，脖子也长，好玩儿极了。

等爸爸走近它们的时（候），它们就飞到天上去。你看它们的翅膀多么大呀！它们怕爸爸去捉它们，其实爸爸是想跟它们说几句话。爸爸书包里还有好吃的东西给它们吃。它们可真傻，你说是吗？

那天爸爸去挖塘泥，塘泥是做肥料的。塘里有水得先抽干。水一抽干，就能看见鱼了。爸爸就用竹竿打鱼，鱼被打昏了，就捞到岸上来。

你学会打毛线了吗？你

看爸的毛袜子

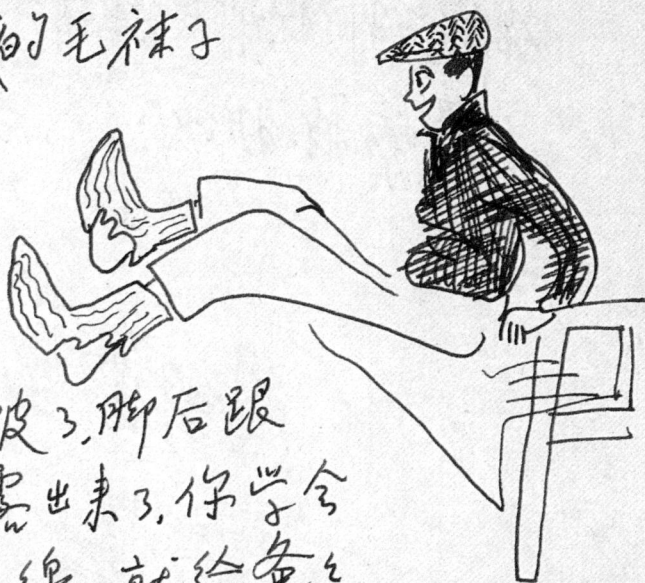

都破了，脚后跟
都露出来了，你学会
打毛线，就给爸爸
打一双新毛袜子吧！
　你愿意吗？
　可是你什么时候才能学
会呢.

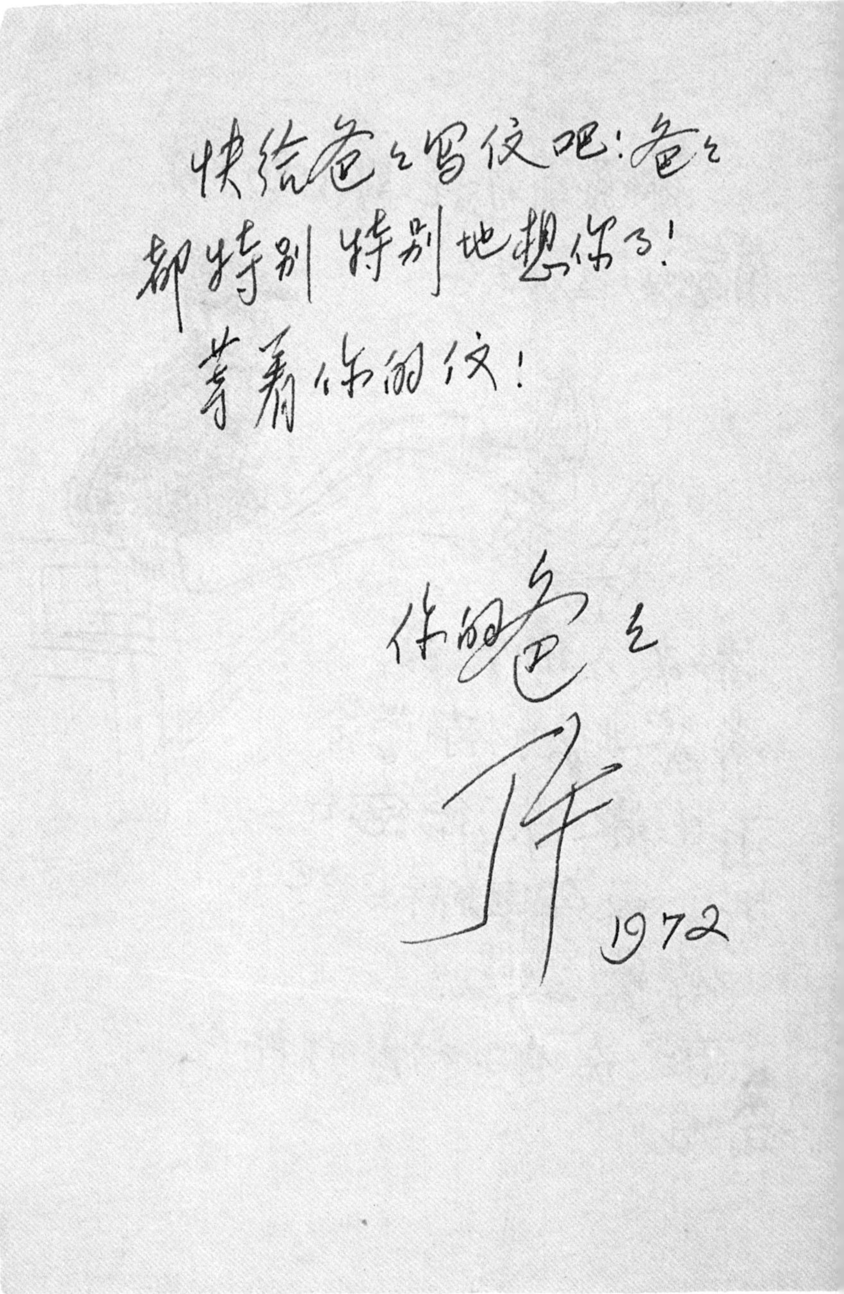

快给爸爸写信吧！爸爸
都特别 特别地想你了！
等着你的信！

你的爸爸
庠
1972

那天爸爸去挖塘泥，塘泥是做肥料的。塘里有水，得先抽干，水一抽干，就能看见鱼了。爸爸就用竹竿打鱼，鱼被打昏了，就捞到岸上来。

　　你学会打毛线了吗？你看爸爸的毛袜子都破了，脚后跟都露出来了。你学会打毛线，就给爸爸打一双新毛袜子吧！

　　你愿意吗？

　　可是你什么时候才能学会呢？

　　快给爸爸写信吧！爸爸都特别特别地想你了！

　　等着你的信！

你的爸爸丁午

1972 年

一个下午起了十
九条鱼。有一条
特别大的大
黑鱼。

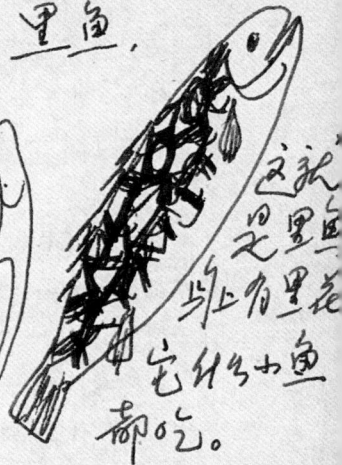

这就
是黑鱼
身上有黑花
它什么小鱼
都吃。

有四条鲶鱼（Nian Yu）鲶鱼
身上是粘（Nian）
的，还
长了两根胡子。还有十几条
鲫鱼。

把那条大黑鱼送给幼儿园的小朋吃了；鲫鱼分给给叔叔阿姨拿回家去了。

爸爸把两条大鲶鱼放在一个大锅里煮。

虽然没有油.可是鱼很
新鲜.所以特别特别好吃!
你馋了吧?!
我们这儿天冷了.爸爸的破皮帽

子也不知道到哪里去了,可是
爸爸也不怕冷。
你现在穿棉猴了吗?

北京冷极了
吧?!
北京下了
雪,你会
堆雪人
吗?会打雪仗
吗?爸爸小
时候都会。

穿棉猴的
小艾

……

一个下午捉了十几条鱼，有一条特别大的大黑鱼，有四条鲶鱼。鲶鱼身上是粘（黏）的，还长了两根小胡子。还有十几条鲫鱼。把那条大黑鱼送给幼儿园的小朋友吃了，鲫鱼分给叔叔阿姨拿回家去了。

爸爸把两条大鲶鱼放在一个大锅里煮。虽然没有油，可是鱼很新鲜，所以特别特别好吃！你馋了吧？！

我们这儿天冷了，爸爸的破皮帽子也不知丢到哪里去了，可是爸爸也不怕冷。

你现在穿棉猴了吗？北京冷极了吧？！

北京下了雪，你会堆雪人吗？会打雪仗吗？爸爸小时候都会。

DW

1972 年

小艾，亲爱的：

爸爸穿上新衣服，怎样？
爸爸特别特别地想你。

去年我们的水塘里长了许多荷叶，还开荷花。

今年我挖了许多藕。（你吃过吗？一片一片中间有窟窿的）我们就吃炒藕片，特好吃！

有一天早晨爸
爸提着一条大
鱼，人家都以为
是爸钓的。

其实那是一条死
鱼，爸爸把它埋
在树底下当肥料了。

爸爸给你寄去几个葫芦子，
你把它种在花盆里，天天浇
一点水，将来长出苗来以后，
你给插上一根小棍，那叶
子就会在棍上爬高长，到
了秋天就会结两三个
葫芦，特别好玩。

373

要天引泡水
晒太阳

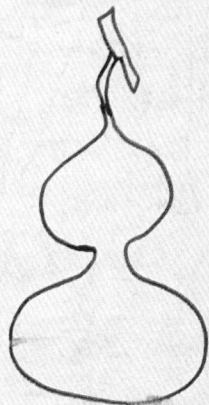

这我是葫芦

你抽"12好"了吗？

肉麻之死！

374

小艾，亲爱的：

　　爸爸特别特别地想你！

　　爸爸穿上新衣服。怎样？

　　去年我们的水塘里长了许多荷叶，还开荷花。今年就挖了许多藕（你吃过吗？一片一片中间有窟窿的），我们就吃炒藕片，特好吃！

　　有一天早晨爸爸提着一条大鱼，人家都以为是爸钓的，其实那是一条死鱼。爸爸把它埋在树底下，当肥料了。

　　爸爸给你寄去几个葫芦子（籽），你把它种在花盆里，天天浇一点水，将来长出苗来以后，你给插上一根小棍，那叶子就会在棍上爬着长。到了秋天，就会结好多好多葫芦，特别好玩。

　　你抽"汉奸"了吗？

　　问婆婆好！

爸爸
4月29日

小艾 亲爱的：

　　爸爸特别特别想你！你知道吗？爸爸这儿也特别忙，老没给你写信。你不生气吧！

　　爸爸现在每天早晨四点钟起床。晚上九点多就得睡觉了。要不要我把它来了。对不对？！

可是你却送爸爸织毛披肩
毛衣么？

现在又到了插秧的时候了!

爸爸插秧快极了。可是插
秧老弯着腰特别累，腰也特别
痛。爸爸天天插秧，从早晨直到
晚上。

☆ ☆
☆

爸爸在插秧

女艾吃饭的时候左右记着.你吃的饭是女农民伯伯淌了多少汗才种出来的米呀！一粒米也不许随便浪费掉啊！

×　　×　　×

后来爸爸又常每天到很远的地方去割麦子。

早晨四点钟.天远没有亮爸爸就起床了.好多同志排队出发,爸爸每天打大红旗.走在队伍的前面。

像去年一样，爸又割麦子了。

中午爸爸和小
钱叔叔用一
捆一捆么麦
子搭成一个
小房子在里
面睡觉。

爸 18/6

小艾，亲爱的：

　　爸爸特别特别地想你！你知道吗？爸爸现在特别忙，老没给你写信了，你不生气吧！

　　爸爸现在每天早晨四点钟起床，晚上九点多就得睡觉，要不然就起不来了，对不对？

　　可是你知道爸爸为什么起那么早么？

　　现在又到了插秧的时候了！

　　爸爸插秧快极了，可是插秧老弯着腰特别累，腰也特别痛。爸爸天天插秧，从早晨直到晚上。

　　小艾吃饭的时候应该记着，你吃的饭是多少农民伯伯流了多少汗才种出来的米呀！一粒米也不能随便浪费掉啊！

　　后来爸爸又要每天到很远的地方去割麦子。

　　早晨四点钟，天还没有亮，爸爸就起床了。好多同志排队出发，爸爸每天打大红旗，走在队伍的前面。

　　像去年一样，爸爸又割麦子了。中午爸爸和小钱叔叔用一捆一捆的麦子，搭成一个小房子在里面睡觉。

爸爸

6月18日

小艾 就爱的:

爸爸特别特别地想你!

你的伯爸爸收到了爸爸高空拔了!

你的葫芦出了七个芽,可爸爸的葫芦只长出了一棵,可是长得很大了,都冒出了四个小葫芦。挺好看的。

再过几天还可以多结几个葫芦,那多好玩呀!

爸爸也看葫芦

小艾亲爱的：

爸爸特别特别地想你！

你的信爸爸收到了，爸爸高兴极了！

你的葫芦出了七个芽，可爸爸的葫芦只长出了一棵，可是长得很大了，都结出了四个小葫芦，挺好看的。再过几天还可以多结几个葫芦，那多好玩呀！

爸爸在看葫芦

你的葫芦要好好管才
能长葫芦，每天要浇水。
　　小鸟真的会叫丁午，他是
真聪明呀！　　　　　 ⇩不飞的时候

⇧飞的时候
　　　　就是这种鸟。
　　　你好好学游泳，爸爸
能游好几千米哪！你努力
学，再过一年就能赶上爸爸了！
　　爸爸晚还画了好多画。在展
览。

原来爸爸想马上休来，但是现在黄湖正在流行一种病，好多小孩都得了这种病。因为病是通过水传染的也不许游泳了，休来了就不好玩了。七月、八月天之热，爸爸现在也病了（已经躺了好几天）就不休来了。你不会生气吧！

爸爸有病不能再写了。

爸爸

快给爸爸回信！快！

另外一封仅给妈妈，妈妈不在此你给收起来别看了！

你的葫芦要好好管才能长葫芦，每天要浇水。

小鸟真的会叫"丁午"，他（它）是真聪明呀！

你好好学游泳，爸爸能游好几千米哪！你努力学，再过一年就能赶上爸爸了！

爸爸最近画了好多画。在展览。

原来爸爸想让你来，但是现在黄湖正在流行一种病，好多小孩都得了这种病。因为病是通过水传染的，也不许游泳了，你来了就不好玩了。七月、八月天又热，爸爸现在也病了（已经躺了好几天），就只（好）不来了。你不会生气吧！

爸爸有病不能再写了。

爸爸

快给爸爸回信！快！

另外一封信给妈妈，妈妈不在家你给收起来，别丢了！

亲爱的小艾：

爸爸特别特别地想你！

你的信写得真好玩极了！

你看爸爸看了你的信都笑了！

现在爸爸给你讲讲费期的事情吧！

大伯房的狗一个都没打死，这就

是你的胖爸爸天天都替你喂它。

有时爸爸喂胖儿，远远推着别
的狗，不让它们抢。你高兴了吧!

爸爸每天
都吃豆
浆瓜你
吃到了吗?

今天爸爸又赶毛驴车去运化肥了。爸爸一边赶车一边唱歌。

劳动兑了，爸爸骑着毛驴玩了半天，你敢骑吗？

389

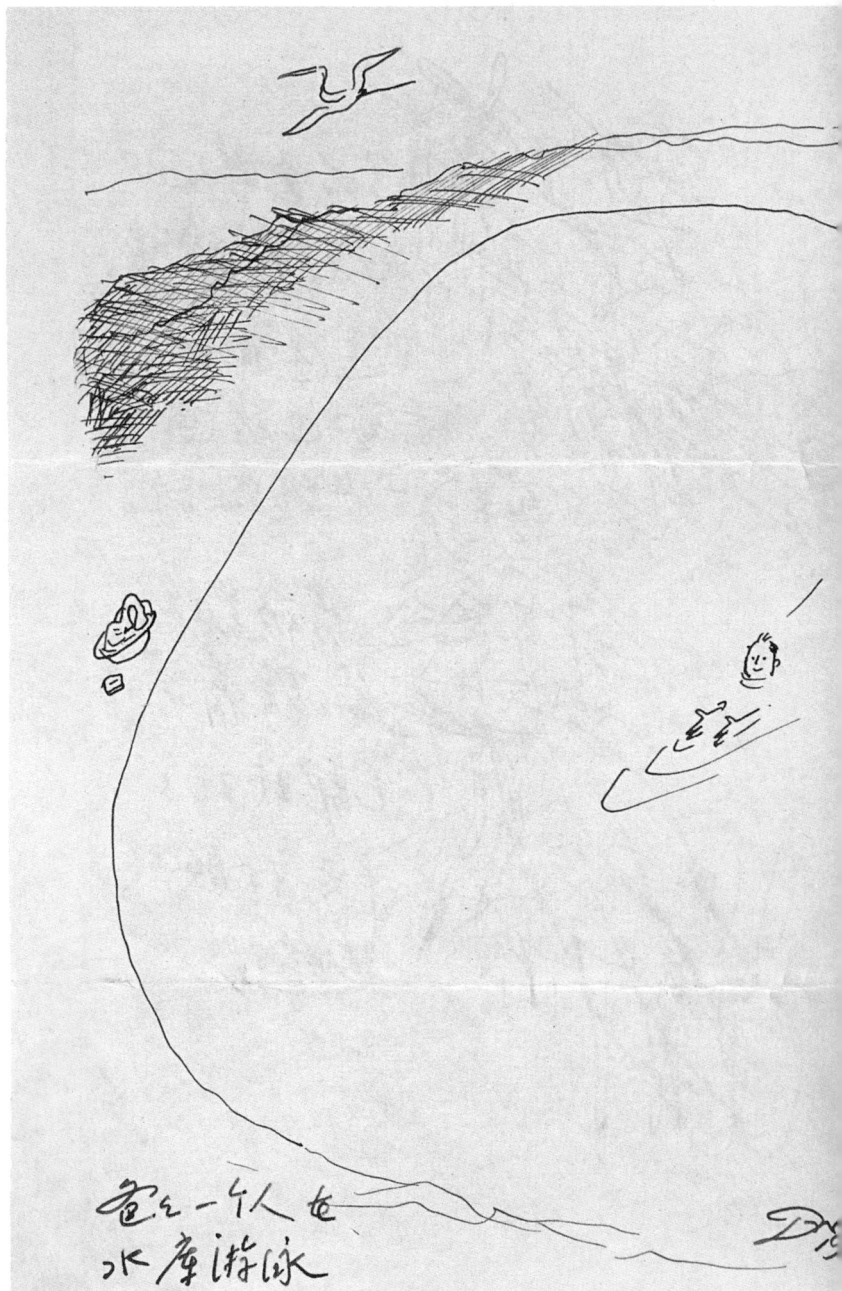

爸爸一个人去
水库游泳

亲爱的小艾：

爸爸特别特别地想你！

你的信写得真好玩极了！你看，爸爸看了你的信都笑了！

现在爸爸给你讲黄湖的事情吧！

六间房的狗一个都没打死，这就是你的胖胖，爸爸天天都替你喂它。有时爸爸喂胖胖，还挡着别的狗，不让它们抢。你高兴了吧！

爸爸每天都吃王海瓜，你吃到了吗？

今天爸爸又赶毛驴车去运化肥了。爸爸一边赶车一边唱歌。

劳动完了，爸爸骑着毛驴玩了半天，你敢骑吗？

爸爸一个人在水库游泳

爸爸从水里出来时还要练体操。你看，爸爸可以这样呆着不动。

爸爸把所有的被子都洗乾净了。

昨天打了满满
一桶水;

今天早晨一看,
一点水都没有3,原
来是桶漏了。

咱们家老鼠多极了,白天都敢出来
乱跑。

每天着急你的毕业作业收到了吗.
作业要作完,你回来还要补考。
　现在我们劳动,主要是拔草.有
时候拔不拔.和结各着石多。

你和妈妈、小姨 玩得好吗?

又看什么新小说剧了?

多给爸爸写信来!

你画的爸爸挺好!

爸爸给小艾

阿姨写完了

1972 5/8

爸爸从水里出来时还要练体操。你看，爸爸可以这样呆（待）着不动。

　　爸爸把所有的被子都洗干净了。

　　昨天打了满满一桶水，今天早晨一看，一点水都没有了，原来是桶漏了。

　　咱们家老鼠多极了，白天都敢出来乱跑。

　　爸爸寄给你的寒假作业收到了吗？作业要作（做）完，你回来还要补考。

　　现在我们劳动，主要是拔草，有时候坐下拔，和休息差不多。

　　你和妈妈、小姨玩得好吗？又看什么新的话剧了？

　　多给爸爸写信来！

　　你画的爸爸挺好！

　　爸爸给小艾的信写完了。

DW

8月5日，1972年

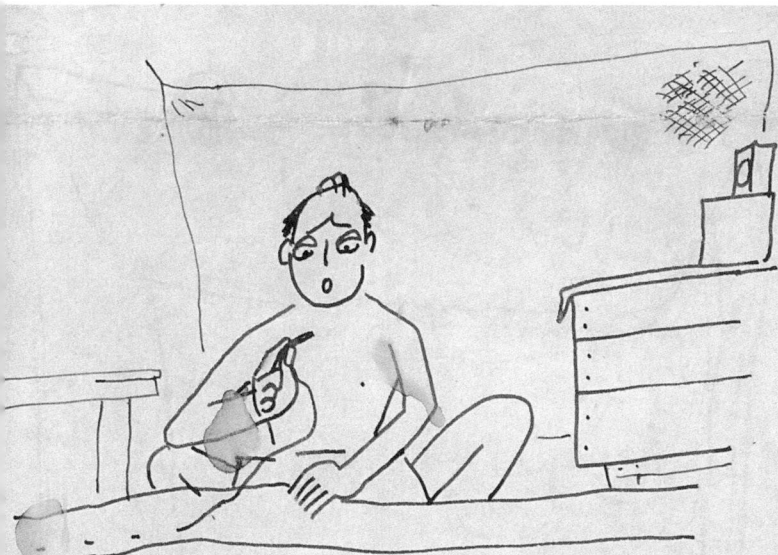

有一天爸缝被子(这还是第一次)好
不容易缝了几针,忽然针断了,只好
以后再说了。爸爸如果这次缝好了,
以后就教你缝被子,好吗?

× × ×

爸爸又买了两个针。

今天上午(星期日)又
开始缝被子了。

缝得没头大汗。

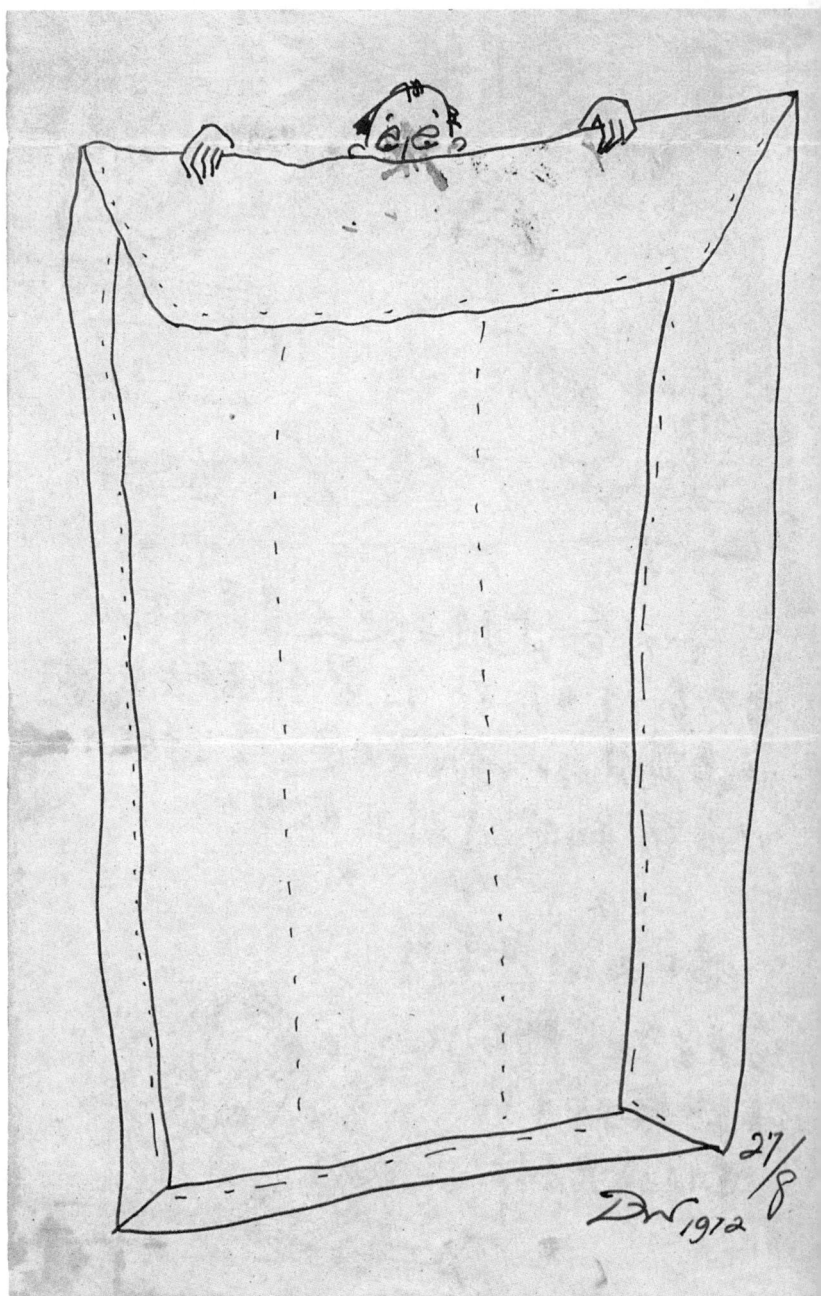

有一天爸缝被子（这还是第一次），好不容易缝了几针，忽然针断了，只好以后再说了。爸爸如果这次缝好了，以后就教你缝被子，好吗？

爸爸又买了两个针，今天上午（星期日）又开始缝被子了。缝得满头大汗。

DW

8 月 27 日，1972 年

小艾,你看爸爸给你缝的被子乱七八糟. 一边宽,一边狭,一头大、一头小。后来还是请阿姨给缝好的。

这是第一次,下次一定会缝得比这次好!

咱们种的葫芦.结了好多.现在已经全部摘下来了。一共20个

爸爸要用葫芦给十艾做一个好玩的玩艺儿。

我还多两个，你可以送给你的好朋友玩！你说好吗？

今天收到了你的信件，回姑带你去动物园了吗？好玩吗？

铁梅比你高吧？

你又把姨字写错了，写成了"女夷"。

下回别再错了！

爸爸 30/8
1972

　　小艾，你看爸爸的被子缝得乱七八糟，一边宽，一边狭，一头大，一头小。后来还是请阿姨给缝好的。

　　这是第一次，下次一定会缝得比这次好！

　　咱们种的葫芦结了好多，现在已经全都摘下来了。一共20个。

　　爸爸要用葫芦给小艾做一个好玩的玩艺（意）儿。

　　我还要留两个，你可以送给你的好朋友玩！你说好吗？

　　今天收到了你的信，四姑带你去动物园了吗？好玩吗？

　　铁梅比你高吧？

　　你又把"姨"字写错了，写成了"姨"。下回别再错了！

爸爸

8月30日，1972年

年轻时的丁午

小艾和爸爸丁午在北戴河（1981 年夏）

给家乡读者的信

塞艾

本书出版后，出版社转告我，有许多读者希望我多回忆一些父亲的细节。感谢家乡的朋友们。我远在美国，就写一封信吧！

当年爸爸给我写这些信时，并没想到将来会出版，但最后几年他却经常提到想把这些信件汇集起来出书，他认为这些信真实、有趣、特别，是他一生所有作品里的"代表作"。爸爸在世时，因为种种原因，这一愿望没有得到实现，只有个别信件夹在其他作品中出版过，编辑样式及质量也不尽如人意。这一次，我能感觉得到，爸爸的在天之灵也会高兴得热泪盈眶的。这些信件不仅出版成册，而且是以他最希望的方式：所有的信件都是由原件扫描出来的，没有修改，也没有加工；连他涂改过的错别字，信纸上的水渍都清晰可见，印刷装帧也非常有特色。

四十多年过去，我由书中的"小艾"成了"老小艾"。再过些年，等我成了七十多岁的老太太时，我也许会坐在一把宽大的摇椅上，这本小书就放在我的膝上，一边摇，一边回想儿时往事，然后轻轻地说：爸爸，我也特别特别地想你……

亲爱的爸爸，

我今天在每一分钟每一秒钟都在想你。

你去后我给你写信。

小艾　　　　2月11日

丁午同志收　艾军

小艾给爸爸的信（1971年2月11日）

爸爸从小喜欢画画，上小学时每逢有课外文娱活动，其他同学会唱个歌，拉个琴什么的，他呢，拿着自己画的画就上台了，还博得满场喝彩。中学时他曾经想当飞行员，可是老师觉得他很有画画的天赋，鼓励他学美术，结果他还真考上了艺术的最高学府——中央美术学院。爸爸津津乐道地几次给我讲过在美院时的一件事。有一次素描考试，大家画完，老师按画的好坏排了座次，爸爸的被排在比较靠前的位置。然后请美院院长徐悲鸿先生前来进行最后评选。只见他认真看了每个学生的作业，把爸爸的画拿起来放在第一位。能得到绘画大师徐先生的赏识，谁会不喜出望外，铭记一生呢。

爸爸对绘画的热爱持续了一辈子。六十岁退休，返聘后接着干到七十岁出头。那之后虽然不用上班了，可还是经常有杂志社、出版社找他编故事，画插图。他在人民美术出版社时，出过两个连环漫画连载，一个叫《熊猫小胖》，另一个是《小刺猬》。八十年代初《熊猫小胖》每月连载时，我还在国内，亲眼看见过他创作的艰难。交稿日期临近了，他开始构思故事。偶尔很快能想出个好故事，那就万事大吉；但更多的时候，他编出个故事，自己不满意，推翻了；再编个故事，还是不满意，又推翻了；几次三番，绞尽脑汁。有好多次都是在交稿的前一天才把故事想出来，然后连夜画好。画画对他来说非常容易，他也很享受作画的过程；但是编出个孩子们爱看的故事却很难。创作《小刺猬》时也一样。但他自豪地宣称他从来都是按时完成了任务，没有拖延过。

不过，当他终于不用再画连载时，还是大大地舒了口气。七十多岁时，他又有了新的构想和创作欲望，想把他熟悉的老北京用绘画及文字记录下来。当时听他描述，连我这样的对老北京不太感兴趣的人都觉得非常有趣。遗憾的是上天没有留给他足够的时间完成这个构想。

爸爸年轻时英俊潇洒，一头浓密的带卷的黑发更给他添加了几分艺术家的浪漫气质。有一张我很喜欢的合家照为证，他那时大概三十四五岁的样子，坐在自行车上的我大概只有四五岁，爸爸在左，妈妈在右，他们看起来那么年轻、亮丽。只可惜，爸爸后来开始脱发，而且越掉越多，只剩下脑袋边上一圈还有头发了。这对他是一个很大的打击，他也不遗余力地想掩盖这个缺陷。爸爸一定非常感激发明了帽子的人，他不戴帽子出门的时候太少了。家里来客人的时候也要戴上帽子。早些年国内只有军帽或鸭舌帽的时候，他就一直戴鸭舌帽；我出国后，他常常让我帮他物色帽子，我给他买的最多的礼物也是帽子，再加上他自己买的，最少也有三四十顶吧。他今天戴鸭舌帽，明天戴贝雷帽，后天又戴猎人帽，好不得意。戴上帽子至少让他看起来年轻十岁。据说有次他去人民美术出版社上班，忘记戴帽子，结果还真有同事没认出他来，问这位老先生来编辑部有何贵干。那年我带四岁的儿子回北京跟他小住，儿子也很快发现了帽子对公公的重要性。有天有人敲门，儿子跳起来，不是去开门，而是把公公的帽子拿来，公公戴上好去开门。

我生长在物资缺乏的困难时期，买不到太多有营养的东西，爸爸说那时唯一能买到的就是肉松，但我却不爱吃那东西。少女时代喜欢打扮，家里却没有太多闲钱满足我的愿望。二十世纪七十年代有一年冬天女孩子流行穿翻毛皮鞋，我也非常想拥有一双，平时很少提出非分要求的我也忍不住求爸爸给我买一双。几个月后，等爸爸攒够了钱，冬天也快过去时，我也终于把翻毛皮鞋穿在了脚上。记得我当时使劲盯着脚上的鞋，心情快乐得无以复加。年少时最艰难的经历是父母离婚，让我曾经十分心疼和自卑。这些儿时的磨难常常让爸爸觉得他欠了我很多，老想做些弥补；前几年我回国时他又旧话重提，我对他说，没关系的，就因为有了这些坎坷，我才没长成个任性的娇小姐。他却回答，话是这么说，可是对当爸爸的来说，没能让自己的孩子快乐地成长，也没能满足孩子并不太高的要求，那是一件很痛苦的事。听他这样说，眼泪在我眼里直打转。

爸爸虽然不喜欢做饭，却做得一手好菜，不知是不是在干校食堂锻炼出来的。他做的红烧肉和洋葱炒肉丝是我的最爱。有亲戚朋友来时，他还会喝点黄酒助兴。他特别喜欢吃西餐，崇文门的新侨饭店西餐厅恢复营业后，他常带我去那吃午餐。记得特别清楚的是，饭店开门前，大家站在台阶下面的铁栅栏门外等，时间一到，铁门一开，大家就往里跑，跑得慢的占不到座位的就得等下一轮了。我俩那时腿脚都挺利索，占个好座位不是问题。去那里吃饭的好像都是新侨的常客，有位老先生总是要一碗汤，然后是黄油面包。也许他在西方留过学

亲爱的爸爸：

你来的信收到了

我生病了特别的好，但

我们24号就放假了

你24号能回来吗？

我们就放15天

你们也放半个月吧

每个叔叔给你寄了封信

也不知是谁寄来的

他说，让我把这封信寄到你那里去

你快回来吧，我天天盼望着你回来。

　　　　　　　　　　小艾
　　　　　　　　　　71.1.15

北京市电车公司印刷厂出品　六九·九

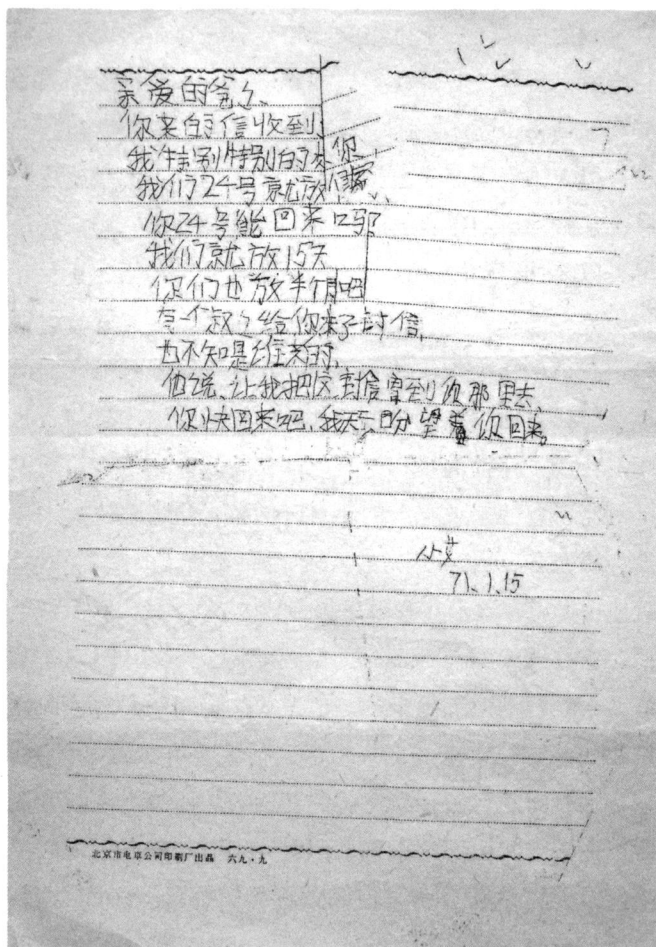

小艾写给爸爸的信（1971年1月15日）

410

吧，即使是最简单的食物，也会带来对旧日的回忆。

爸爸也会说上一两句英文，因为他是从一所教会中学毕业的，英文是必修课。我们俩还跟着当年流行的电视英文教学节目Follow Me一起学英文。大学毕业后我去日本投奔亲戚，爸爸不放心我一个人去，也跟我一起去住了将近三个月，当然他也想见见从未见过面的日本亲人。我们就住在亲戚家，他们不会中文，我们也不会日语，交流起来只能用双方都有限的英文。我原以为我的英文肯定比爸爸强得多，因为我从干校就开始学，大学时英文还是我的二外，结果却是爸爸和亲戚交流比较顺利，他虽然语法不灵光，但日常用语的词汇量比我大，特别是饮食方面的字词，我记得他们说到"ham"（火腿）"bacon"（培根）时眉开眼笑的，我却不知所云。

爸爸平时对人都挺和气，但也有例外。那是我上大学后，偶尔会有男生到家里来。他每次看到男孩来访，即使只是关系一般的朋友，他脸上也立刻阴云密布，如临大敌。我读大一的那个暑假，跟几个同班女生一起到青岛游玩，在那认识了两个有趣的上海男青年。随后我们就一起出游，还爬了崂山。回来后，其中一个男孩不停地给我写情书，我就告诉了我的大朋友——住在隔壁的阿姨。她呢，不放心的关系吧，把这事告诉了爸爸。虽然他并没有办法阻止我们在学校通信，但第二年夏天我和同班女生打算去上海旅游的计划完全落空，爸爸没有给我一点商量的余地。致使我第一次游览上海晚了二十多年。

越到晚年，爸爸好像越开朗，越幽默。有不开心的事，说出来摇摇头，就把它甩在脑后了。跟他一起让我们笑口常开。最高兴的事是我跟爸爸和儿子一起打牌。那些年我常在暑假时带儿子回京看他，每天早上吃完饭是雷打不动的打牌时间。我们经常玩"抽王八"和"憋七"。"抽王八"玩到最后时，输的人手里应该有张"王"牌，可是有一次玩到最后，谁的手里都没有"王"，于是检查每个人抽出的对子，结果那张"王八"就藏在爸爸的对子里。他哈哈大笑，原来是他趁我们不注意，故意把"王八"丢掉。玩"憋七"的时候，有几次他有"七"不出，还借牌，当我们质问他为何有"七"不出时，他还振振有词地回答："我不高兴'出'。"真拿他没办法。

多么希望这样的日子能够再长一点，再长一点。爸爸病前曾说，他想再活十年。我和弟弟都生活稳定，不用他操心；他自己生活得自由自在，亲朋好友不少，甚至也有红颜知己，家里的电话每天都会响好多次。但人生总会有不如意的事，就像总也会有如意的事发生一样。纵观爸爸的一生，有上有下，有坎坷有坦途，有建树有失败，他这一辈子，过得丰富精彩。

于美国

丁午（左一）、小艾（左二）在日本与亲戚在一起（1984 年 3 月）